The Womanizer

Eine Affäre macht noch keine Liebe

Oder doch?

AF219903

The Womanizer

Eine Affäre macht noch keine Liebe

Oder doch?

Bibliografische Informationen der Deutschen Nationalbibliothek
Die Deutsche Nationalbibliothek verzeichnet diese Publikation in der
Deutschen Nationalbibliografie; detaillierte bibliografische Daten sind
im Internet über dnb.dnb.de abrufbar.

Printed in Germany

ISBN 978-3-7557-5822-8

Herstellung und Verlag: BoD – Books on Demand, Norderstedt

Eine Affäre macht noch keine Liebe

Oder doch?

The Womanizer

Inhaltsverzeichnis

Eine Affäre macht noch keine Liebe

Oder doch? Seien wir mal ehrlich: Ich bin ein toller Mann. Ein toller Ehemann. Ein toller Vater. Ein toller Firmenchef. Ein toller Liebhaber. Ein toller Seitenspringer. Ja, das bin ich wohl, denn die Treue ist etwas Glitschiges, das in meiner Welt keine Bedeutung hat. Emotionale Treue ja, aber körperlich muss ich mich austoben. Und das geht nicht nur mit einer Frau. Mit meiner Frau. Ja, ich spreche von Andrea, meiner großen Liebe.

Wenn sie wüsste, was ich so alles treibe, würde sie mir die Gurgel zudrehen. Zum Glück weiß sie es nicht … oder vielleicht bald doch? Denn ich habe festgestellt, dass der Satz „Eine Affäre macht noch keine Liebe" solange Gültigkeit hatte, bis Susi in mein Leben kam. Die verstörte und von ihrem Ex gepeinigte, zierliche Schönheit hat mein Leben verändert, denn ich habe mich in sie verliebt. Ist mir schon mal passiert, mit Melly. Damals konnte ich gerade noch rechtzeitig die Reißleine ziehen, die Kurve kratzen. Doch diesmal ist es definitiv schwieriger.

Soll ich Andrea und meine Kinder verlassen? Oder meine zweite Liebe Susi verabschieden? Schwierig, schwierig. Dieses Thema dominiert dieses Buch. Aber es gibt noch mehr Geiles aus meinem Leben, z.B. meine Besuche bei der attraktiven Sexualtherapeutin Juna, die für mich, um eine korrekte Diagnose stellen zu können, sämtliche Tabus brach. Letzten Endes landeten wir in der Therapeutenkiste.

Spooky waren die Erlebnisse, die ich mit der mysteriösen Sexarbeiterin Alexis hatte. Denn hier versagte der Womanizer auf ganzer Ebene. Ich konnte einfach nicht kommen, weil sie mich immer so durchdringend anstarrte. Poor old me. Und das war nicht meine einzige Niederlage.

Aber auch andere mussten Niederlagen einstecken, die ich ihnen beibrachte. Ahmed & Osama waren zwei davon. Dafür bekam ich ihre Frauen. Aber auch zu Hause war einiges los: Meine Gattin Andrea überraschte mich mit einem flotten Kurzhaarschnitt. Neuer Haarschnitt, neue Frau. Ja, ich hatte meinen Spaß!

Euer Womanizer

Bin ich sexsüchtig?

Das ist eine gute Frage, die mich häufig beschäftigt. Früher war ich das sehr gerne. Sexsüchtig. Sex ist ja auch die allerschönste Hauptsache der Welt. Doch auch ich werde älter. Ich bin mittlerweile längst verheiratet mit Andrea, wohnhaft in einem eigenen Haus, habe wundervolle Kinder, die schon langsam zu Teenagern reifen. Verdiene viel Geld und genieße beruflich mächtig Erfolg. Mein Alter ist rechnerisch schon bald Mitte 40. Meine Hormone müssen sich verändern, doch hey, ich fühle mich immer noch wie 30.

Auf der einen Seite will ich mehr Familienmensch sein, ein liebevoller Ehemann, der seine Gattin auf Händen trägt, der Zeit mit seinen Kindern verbringt und an den Wochenenden zu Hause ist. Auf der anderen Seite habe ich immer noch diesen unglaublich starken Sextrieb in mir. Und dieser will ausgelebt werden. Sex mit Andrea reicht mir nicht aus. Hat es noch nie.

Ich brauche ständig neue Frauen, frische Körper, aufregende Erlebnisse, Abenteuer und Erfolge beim Jagen. Ich kann nicht aufhören, ich will nicht aufhören, ich werde nicht aufhören. Über all die Jahre konnte ich mein zweites Sexleben immer vor Andrea verbergen. Hatte Glück gehabt, fand immer Wege und Tricks, um meinen Spaß auch in anderen Betten zu haben.

Doch langsam fing ich stärker an, an mir zu zweifeln. Ist das noch normal? Bin ich noch normal? Bin ich sexsüchtig? Viele Nächte konnte ich nicht gut schlafen, da mich diese Frage beschäftigte. Ich entschloss mich, professionellen Rat einzuholen. So suchte ich nach einer Sexualtherapeutin im Raum München. Ich suchte natürlich nicht primär nach Qualifikationen, sondern nach dem Aussehen aus. Und fand Juna.

Juna war diplomierte Psychologin und hatte sich auf Paar- und Sexualtherapie spezialisiert. So ihr Webauftritt. Sie war eine überaus attraktive Frau Mitte 30. Langes, schwarzes Haar, eine Mischung aus lasziv-sexy und doch professionell. Ich kontaktierte Juna per E-Mail und bat sie um einen zeitnahen Rückruf. Diesen bekam ich am selben Nachmittag. Ich erklärte ihr mein Problem der möglichen Sexsucht.

Und vereinbarte einen ersten Kennenlern-Termin zur Beratung und Anamnese, wie sie sagte, in ihrer Praxis. Junas Stimme klang frivol und erotisch, ich war gespannt. Tage später saß ich ihr gegenüber. Junas Praxis befand sich in Germering, sie hatte ein Gesprächs- und ein Therapiezimmer. Beide schön eingerichtet. Ich fühlte mich sofort wohl.

In natura sah Juna noch besser aus als auf den Fotos. Sie war eine große Frau, 1,80 m, schlank und mit einer sexy Figur ausgestattet. Schöne Brüste und ein Doggy-prädestinierter Arsch präsentierten perfekte Rundungen. Juna hieß mich willkommen und stellte sich kurz vor. Dann stellte ich mich vor. „In Sachen Schweigepflicht kann ich sicher sein, dass alles, was ich hier rauslasse, hier bleibt, oder?", wollte ich wissen. „Na klar", nickte sie, „keine Bange, nur Sie und ich, das ist das Setting."

Ich war erleichtert. Nun begann ich, meine Geschichte zu erzählen. Ich berichtete Juna mein Leben. Von meiner Kindheit, meinem Werdegang und Job, meiner Familie, auch von meiner möglichen Sexsucht, von den mittlerweile über 2.000 Frauen, die ich hatte. Vom Wunsch und dem Trieb, der Lust, der Gier auf immer mehr. Juna schrieb mit und schaute mich immer wieder wertschätzend an. Das gab mir Sicherheit.

Zwischendurch stellte sie Nachfragen, die ich ehrlich beantwortete. Einen solchen Seelenstriptease hatte ich noch nie hingelegt. Brisantes Gesprächsmaterial! Therapeutin Juna hätte den Talk aufnehmen und mich damit erpressen können. Aber zum Glück war ich in guten, professionellen Händen. Apropos Hände: Juna hatte sehr schöne. Lange, schmale Finger an beiden, gut gepflegt, lackiert in schwarz. Gefiel mir. Irgendwann war die Zeit rum und Juna führte das Ende herbei.

Sie gab mir kleine Hausaufgaben mit, mir über Dieses und Jenes Gedanken zu machen. Ich bedankte mich und ging. Die nächsten Tage waren schwer für mich, denn mein Gedankenkarussell drehte sich im Tango. Ich wusste nicht, auf welchem Weg ich unterwegs war, wie alles weitergehen würde und ob ich nun sexsüchtig bin oder nicht. Endlich war er da, der Tag des zweiten Termins. Gefühlt 4 Monate später, eigentlich nur 4 Tage später, saß ich wieder bei Juna und hatte volle 2 Stunden Zeit, über meine Gefühle zu sprechen.

Andrea hatte ich die Halbwahrheit erzählt. Sie wusste, dass ich bei Juna bin. Ich hatte von starkem innerlichem Druck, zu viel Stress, Angst vor Burnout und einem grundsätzlichen Life-Coaching gesprochen. Andrea machte sich Sorgen um mich, sie empfand meine Entscheidung, ein paar Sitzungen zu nehmen, als richtig. Ja, auch diese Sache musste ich Juna beichten. Aber das Gute ist: Therapeuten urteilen nicht. Sie sind dazu erzogen, jeden Klienten fair zu behandeln, jeden anzunehmen mit all seinen Problemen, Lügen und den vielen positiven Seiten.

Genau das tat Juna. Sie versuchte mich bestmöglich zu verstehen. Diesmal stellte sie mir mehr Fragen. Es waren auch einige sehr unangenehme dabei, aber denen musste ich mich stellen. Juna fragte mich, ob ich kein schlechtes Gewissen habe, meine Frau sexuell zu betrügen. Ob ich Angst davor habe, dass das alles mal herauskommt und die Ehe zerbricht. Ob ich nicht lieber die Zeit, die ich mit anderen Frauen genieße, mit meinen Kindern verbringen möchte.

Wie ich reagieren würde, wenn meine Gattin mich sexuell betrügen würde. Ich kämpfte mich durch diese Q&A-Session und stellte mich als Mann. Ähnlich verlief die dritte Sitzung. Langsam wurde mir klar, dass ich zwar ein glücklicher Mann bin, aber nicht hundertprozentig glücklich. Irgendetwas fehlte. Irgendeine Leere war zu spüren. Daher das ständige Suchen nach neuen Frauen und Abenteuern. Warum kann ich nicht einfach glücklich sein mit dem, was ich habe?!

Wo liegt der Knacks? Ist mein Vater schuld, der selbst als Womanizer Jahrzehnte lang sein sexuelles Unwesen getrieben hatte? Bin ich zu egoistisch? Oder doch sexsüchtig? Juna ging nun in die Therapie über und meinte, ich solle mehr Entspannung in meinen Alltag integrieren. Da fiel mir ein, dass ich doch mal das Autogene Training von Dr. Schultz erlernt hatte. „Ich kann Autogenes Training", protzte ich. „Und, machen Sie es regelmäßig?" Erwischt hatte sie mich. „Nein", gab ich zu.

„Dann sollten Sie es reaktivieren", empfahl Juna. „AT ist eine fantastische Methode zum Stressabbau und Krafttanken. Schärft Geist und Fokus, macht einen klaren Kopf. Kann ich nur empfehlen." Sie übte mit mir eine Session und bat mich, täglich 15 Minuten zu entspannen. Ich versprach es ihr.

Zu Hause erinnerte ich mich an damals, vor 10 Jahren, als ich AT erlernt hatte: Bis zu 13 Arbeitsstunden pro Tag – mein Arbeitspensum war gewaltig geworden. Ich merkte, dass ich einen Ausgleich brauchte ... und hörte von AT. „Autogenes Training" gilt weltweit als die beste Entspannungsmethode. Ich informierte mich bei mehreren Seminaranbietern und entschied mich für einen Wochenendkurs in Stuttgart. Jeden Tag hin und zurück fahren wollte ich nicht, also buchte ich ein Hotel, nur 3 Gehminuten von der Seminarstätte entfernt.

Mein Kurs startete Freitag um 17 Uhr. Pünktlich fand ich mich in der Schule ein und fühlte mich auf Anhieb wohl. Das Unterrichtszimmer war warm eingerichtet, es lief Musik, da lagen Matten und Decken und ich machte es mir gemütlich. Nach und nach trafen die anderen Seminarteilnehmer ein, doch sie interessierten mich nicht ... bis auf Nicola.

Als ich Nicola sah, wusste ich: Die muss ich haben! Sie war etwas größer als 1,60 m, schlank, hatte dunkle, mittellange Haare und eine sexy Figur. Frech stellte sie ihr Täschchen ab und rief „Hallo!" in die Runde. Eine Berliner Schnauze. Freudig blickte sie jeden einzelnen Seminarteilnehmer an und blieb bei mir hängen. „Ist noch Platz neben Dir?", säuselte sie mich an und besetzte im selben Moment die Decke. „Ich bin Nicola", stellte sie sich mir vor und reichte mir ihre ringübersäte Hand.

5 Ringe an 5 Fingern. Ihr Händedruck fühlte sich metallisch an. Zeit zum Kennenlernen hatten wir nicht, denn schon war die Kursleiterin im Raum und begrüßte uns. Sie hieß Gundula und sah genauso aus. Von der Einführung erreichte mich wenig, zu abgelenkt waren meine Gedanken. Ich starrte zu Nicola rüber und musterte sie.

Sie war hübsch, ihre Nase vielleicht etwas zu lang, geile Lippen und schöne Wölbungen unter der Bluse. Im Schneidersitz saß sie da und ließ sich begaffen. Nun war es Zeit für die erste Übung. Wir schlossen unsere Augen und spürten Ruhe. Nach kurzer Besprechung, wie jeder sich gefühlt hat, versuchten wir es erneut. Diesmal klappte es besser. Pause. Smalltalk. Ich intensivierte den Kontakt mit Nicola und wollte mehr von ihr wissen. „Ich bin Berlinerin. Hört man, oder? Ich studiere Psychologie und mache nächstes Jahr meine Diplomarbeit."

Ich fragte sie, warum sie den Kurs belegt. „Prüfungsstress", antwortete sie. „Außerdem nervt mich mein Ex, der mich zweimal die Woche stalkt, weil er wieder mit mir zusammenkommen will. Da drehe ich noch durch. Das nervt! Ich will abschalten können. Daher bin ich hier. Und Du?" Ich erzählte ihr von meinem stressigen Job. Dann ging es weiter. Gundula versetzte uns in Trance und ich sollte fühlen, wie angenehm schwer mein Körper ist.

Zuerst war er butterleicht, aber dann wurde er schwer und schwerer. Eine interessante Erfahrung. Schnell merkte ich, wie sich mein Körper durch dieses Schweregefühl entspannte, wie sich meine Muskeln lösten und ich ruhiger wurde. Geil! Um 21 Uhr war Schluss. „Und, was machst Du heute Abend?", fragte ich Nicola. „Erst einmal etwas essen, ich habe Hunger." „Ich auch", lächelte ich und schlug vor, zusammen dieses Bedürfnis zu befriedigen. „Gerne", grinste sie, und schon befanden wir uns auf dem Weg in die City.

Ein Italiener lächelte uns an. Bei Pasta und Wein unterhielten wir uns nett. „Wo nächtigst Du?", fragte sie mich mit hochgezogener Augenbraue. „Im Royal Maritim." „Das kostet doch wie blöd!" „Naja", beschwichtigte ich, „man muss früh genug buchen oder Connections haben." „Wie früh hast Du gebucht?" „Es sind die Connections", grinste ich. Sie staunte. „Ich war noch nie in einem so großen Hotel. Die haben doch verdammt luxuriöse Zimmer, oder? Gehobene Klasse." Ich nickte.

„Ich würde echt gerne mal so ein Zimmer sehen. Zeigst Du es mir? Nimmst Du mich mit?" „Klaro", strahlte ich und war mir sicher, den Vogel für die Nacht im Sack zu haben. Nachdem wir diniert hatten, schleifte ich Nicola mit zum Maritim. „Wow, was für ein Komplex", blickte sie empor und ließ sich in die luxuriöse Empfangshalle führen.

„Das ist ja unglaublich! So viel Luxus auf einem Haufen. Sieh mal, was für edle Bilder an der Wand hängen." Nicola war von den Socken. Als sie mein Zimmer betrat, noch mehr. „Geil, so ein schönes Hotelzimmer habe ich noch nie gesehen. Und erst das riesengroße Bett! Darf ich die Matratze testen?" „Fühl Dich wie zu Hause." Nicola ließ ihr Täschchen fallen und sprang auf das Bett.

Obwohl sie mit 25 eigentlich schon reif sein musste, war sie durch und durch Kind. Wild tollte sie auf dem Bett herum und grinste wie Pippi Langstrumpf. „Jetzt muss ich das Bad sehen", rief sie mir zu und lief los. „Darf ich?" „Hinein!", drückte ich sie verbal in das wunderschöne Badezimmer. „Eine Dusche mit Massagedüsen an der Wand! Hast Du was dagegen, wenn ich die ausprobiere?", fragte mich Nicola aufgeregt. „Nein", antwortete ich und wollte ihr vorschlagen, zusammen das Experiment zu wagen, aber schon riss sie sich die Klamotten vom Leib und drückte auf den Startknopf.

Leider hatte sie vergessen, die Dusche zu schließen, so spritzte das Wasser den Raum inklusive meiner Wenigkeit voll. „Ui", grinste Nicola, „Sorry!", und zog die Duschwand schnell zu. Da stand ich nun: nass, geil und überrumpelt. Damit hatte ich nicht gerechnet. Ich hatte Nicola nackt gesehen. Ihr Körper war schön und jung, ihre Brüste standen dynamisch, ihre Muschi war blank wie ein Spiegel.

Sie stand unter der Dusche und genoss das Nass. Die Düsen massierten Nicolas Körper von oben bis unten. Ich wusste nicht, was ich tun soll. 10 Minuten lang. Dann drehte sie den Hahn ab und rief: „Handtuch, bitte!" Ich warf ihr eines rein. Sekunden später stand sie eingewickelt vor mir. „Das war geil", flötete Nicola mir zu und küsste mich auf die Wange. Sie lief ins Wohnzimmer und warf sich aufs Bett.

„Wow, der Fernseher ist ja riesig", staunte sie und griff nach der Bedienung. Schon lief MTV. Musik. Das gefiel ihr. Sie machte es sich auf dem Bett gemütlich und glotzte. Ich stand da wie benebelt. Schließlich setzte ich mich zu ihr aufs Bett. Nicola lag auf dem Bauch und starrte aufs TV-Gerät.

„Kannst Du mich massieren?", fragte sie mich und zog sich das Handtuch weg. „Gerne", stammelte ich und holte Creme. Sie lag nackt auf meinem Bett und wollte massiert werden. In T-Shirt und Jeans legte ich los. Ich massierte zuerst Nicolas Rücken, dann ihren Nacken. 15 Minuten lang. Dann wanderte ich zu ihren hübschen Beinen. „Soll ich auch Deinen Po eincremen?" „Klar, mach einfach", antwortete sie. Nicolas Po war gut trainiert und formschön. 2 Hundepfötchen waren darauf tätowiert. Süß.

Ich massierte gut und gab mir größte Mühe, ihre Aufmerksamkeit zu gewinnen, doch noch weilte Nicolas Verstand bei den MTV-Videos. Na warte, Mädel, Dich kriege ich schon noch! Ich beschloss, einen Gang hoch zu schalten und konzentrierte mich auf die Ritzengegend. Ich drückte Nicolas Oberschenkel sanft auseinander und streichelte jetzt auch zwischen ihre Beine hinein. Das zeigte Wirkung.

Nicola atmete lauter und ihre Hände krallten sich am Bettrand fest. Ich massierte um ihren Anus herum, dann tiefer, bis ich ihre Schamlippen spürte. Die waren warm und pulsierten bereits. Nicola genoss es. Sie fragte nicht, sie redete nicht, sie ließ es einfach zu. Geil! Ich steckte meinen Zeigefinger in ihre Muschi und spielte Billard. Nun stöhnte die Nicola schon heftig und wollte endlich mehr. Dies signalisierte sie mir, als sie sich umdrehte, mich zu sich herunterzog und mir ihre Zunge in den Hals drückte. Die war genauso feucht wie mein Zeigefinger.

Küssen konnte das Luder irre gut. Ihr Lippen- und das Zungenpiercing waren eine Erfahrung. „Fick mich", hauchte sie und zog mir Shirt, Jeans und den Peniskäfig aus. Mein Dong war längst steif und arbeitsbereit. Ohne Kondom wollte ich sie nehmen, doch das ließ sie nicht zu: „Ich nehme keine Pille, das wäre zu riskant. Hast Du nichts dabei?" Verdammt, dachte ich, warum muss die so zickig sein, ich hätte schon aufgepasst und ihn rechtzeitig herausgezogen.

Aber gut, geht halt nicht. Was nun? „Dann leck mich", befahl sie und drückte meinen Kopf in ihren Schoß. Gerne tat ich das. Ihre Pussy war frisch geduscht, ihr Kitzler rund und erregt. Ich begann mit der Arbeit und leckte auf Stufe 1: Schamlippenspiele. Weiter ging es mit Stufe 2: Kitzlerberührungen.

Dann drückte ich ihr meine Zunge rein und aktivierte den höchsten Gang. Gleichzeitig rubbelte ich ihre Stecknadel. Nicola stöhnte lauter, bis sie schreiend zum Höhepunkt kam. Sie hatte eine weibliche Ejakulation, doch die roch gut nach Vanille. Nicola war glücklich: „Du kannst das aber gut, Großer!", lobte sie mich und küsste mich voller Inbrunst. Dann blickte sie mir in die Augen: „Kannst Du das noch mal machen?" „Ja, aber nur, wenn Du mich zuerst verwöhnst", grinste ich. „Einverstanden", nickte Nicola und kommandierte mich nach unten:

„Leg Dich hin und genieße." Das tat ich. Ihre Hand um meinen Penis fühlte sich sonderbar an, denn sie hatte immer noch alle 5 Ringe an. „Willst Du die nicht ausziehen?" „Nein, die lasse ich immer an." Nicola wichste weiter. Nun fühlte es sich schon besser an. Ich gewöhnte mich an das Metall am Penis und ließ sie machen. Ihr Blickkontakt war intensiv. Ich musste mich beherrschen, noch nicht zu kommen, doch es war sinnlos.

Gerade als sie ihren Mund ansetzte, spritzte ich los und ihr ins Gesicht. Nicola zuckte und zog ihren Kopf hoch, doch sie wichste fleißig weiter und brav zu Ende. „Du kannst mir doch nicht einfach ins Gesicht kommen", meckerte sie und wischte sich mein Sperma von der Nase. „Sorry, das ging alles so schnell. Ich wollte mich zurückhalten, aber Dein Handjob war der Hammer, da kam es auch schon."

Dieses Lob wirkte. Nicola lächelte. Alles war wieder in Butter. „So, jetzt leck mich bitte noch mal so wie vorhin." Ich züngelte sie erneut zu einem fantastischen Orgasmus. Nicola kam wieder nass und lächelte mich süß an. „Hast Du noch Power?", fragte sie frech. „Wenn ja, dann blas ich Dir jetzt einen." „Leg schon los", drückte ich ihren Kopf in meinen Schoß und sah zu, wie sie meinen Penis in ihren Mund stopfte. Nicola blies wirklich gut: tief und fest. Ihre Ringhand machte fleißig mit.

Nach 7 Minuten explodierte ich in ihr Mündchen. „Ich komme!", warnte ich sie, doch Nicola blies im Rausch weiter und schluckte alles. Sexuell befriedigt schliefen wir Seite an Seite ein. Am nächsten Morgen waren wir spät dran. Ohne Sex und ohne Frühstück eilten wir zur Seminarstätte, wo wir pünktlich um Punkt 9 eintrafen. Gundula erklärte uns die nächsten Übungen und schickte uns in Entspannung. Nach der Schwere fühlte sich mein Körper nun auf einmal warm an. Ein tolles Gefühl! Dann lernten wir, unsere Atmung fließen zu lassen.

Ich konnte spüren, wie sich mein Atemrhythmus verlangsamte und ich so noch entspannter wurde. Mittagspause. „Lust auf Essen oder Lust auf Ficken?", fragte ich Nicola. „Lust auf beides! Zuerst Sex, dann mampfen", antwortete diese kess. 60 Minuten hatten wir Zeit. Wir hetzten ins Maritim. Im Bett wurde uns klar, dass wir etwas vergessen hatten: Kondome. „Scheiße, wieder kein Poppen!", fluchte sie.

„Dann machen wir es uns wieder gegenseitig, ist ja auch geil. 69, aber flott!" Ich unten, sie oben, so leckten, streichelten und küssten wir uns zu unseren Orgasmen. Zuerst kam Nicola, deren Soße mir ins Gesicht lief. Diesmal schmeckte sie nicht nach Vanille, eher nach … naja. Dann kam ich. Ich spürte meinen Orgasmus schon 1 Minute bevor es soweit war brodeln. Mein Körper spannte sich kräftig an, schließlich schoss ich gnadenlos ab.

Nicola nahm die ersten Ladungen mit dem Mund auf, dann wichste sie in einem Affentempo weiter, bis ich sie bat, damit aufzuhören. Erschöpft lagen wir da und wären am liebsten liegen geblieben, doch die Zeit rannte. Schnell zum Imbiss, Pommes und Würstchen runterwürgen, dann zurück zum Seminar. Interessant ging es weiter mit der Herzübung. Wir fielen in Entspannung, und nach den bekannten Übungselementen konzentrierten wir uns auf unseren Herzschlag und konnten beobachten, wie dieser sich auf die Ruhe und Entspannung unseres Körpers einstellte.

Wunderschön. Danach kam unser Sonnengeflecht dran. Es liegt im Magen und ist zuständig für Umschaltungen im Organsystem. Es wurde schön warm und ich entspannte tief. Die letzte Übung war die kühle Stirn. Wie eine frische Brise spürte ich sie, ich fühlte mich frei und klar. Diesen Zustand durften wir abspeichern. Dann kamen wir zurück ins Hier und Jetzt. Mir ging es super! Ich war gut erholt und fit. Auch Nicola strahlte, ebenso alle anderen Teilnehmer, bis auf Georg, der mit dieser Technik nicht klarkam. Aber ein schwarzes Schaf gibt es ja immer.

18 Uhr, Kursende am Samstag. „Und, sollen wir schick Essen gehen?", lud ich Nicola ein, mir zu folgen. Sie folgte. Wir entschieden uns für die deutsche Küche und schlugen uns den Wanst voll. Auf dem Weg zum Hotel liefen wir an einem Kino vorbei, der den neuen James Bond präsentierte.

„Auf den hab ich Lust!", rief Nicola. „Komm, lass uns gucken!" Ich fügte mich und hockte mich 2 Stunden in den Saal, um 007 bei seinen Abenteuern zu bestaunen. Normal mag ich James sehr, doch hätte in dieser Zeit lieber Nicola genagelt. Der Film war endlich zu Ende und ich drückte aufs Gaspedal: „So, jetzt aber schnell in mein Hotel!"

Mir fiel ein, dass wir noch Kondome benötigten. „Warte, ich bin gleich wieder da", sagte ich und verschwand auf dem Kino-WC, wo ein solcher Automat stand, den ich mit Kleingeld bediente. 2 Zweierpackungen würden wohl reichen. Mit dem Einkauf begaben wir uns auf den Weg ins Maritim. Dort fielen wir übereinander her. Wir machten Heavy Petting der harten Sorte und fickten uns das Hirn heraus. Zuerst ich ihr, dann sie mir.

Nicola ritt mich dermaßen wild, dass ich fast einen Beckenbruch erlitt. Sie war schon zweimal gekommen, als ich kam. Ich spritzte Übermengen Sperma ins Kondom und rollte die Reiterin schweißgebadet von mir herunter. Nach einer kurzen Pause fickten wir wieder, diesmal Doggy. Ich nagelte ihre Fotze wund. Als Nicola nicht mehr konnte, kam ich. Es war ein guter Orgasmus. Wir ruhten uns aus und schauten TV. Dabei schliefen wir ein.

Am nächsten Morgen weckte mich ein Blowjob. Ich öffnete meine Augen und sah Nicola putzmunter, wie sie meinen Dong steif blies. Er wurde immer steifer, bis mein Samen ihr Gesicht verzierte. Es war erst 7 Uhr, wir hatten noch Zeit. Nach dem Frühstück knallharter Sex. Sie auf mir, rücklings. Sie hatte 2 Orgasmen, ehe ich meinen Höhepunkt erlebte. Schnell packte ich meine Klamotten und räumte das Zimmer. Der Sonntagstag des Seminars war ebenso spannend und bereichernd wie die beiden Tage zuvor.

Wir vertieften die Technik des AT und lernten individuelle Formeln, mit denen erwünschtes Verhalten programmiert und unerwünschtes Verhalten gelöscht werden kann. Ich verabschiedete mich von der süßen Nicola mit einer Kusssalve und versprach ihr, dass ich sie in Berlin besuchen komme. Leider habe ich dieses Versprechen bis heute nicht eingelöst. Diese Geschichte erzählte ich Juna beim nächsten Termin, natürlich nicht mit allen sexuellen Details.

Nun wurde es heftig: Es ging um meine Liebe für Andrea, und die Frage, was alle Frauen, die ich nebenher habe, für mich bedeuten. Ich erklärte Juna, dass Andrea meine einzige Nummer 1 sei und ich sie über alles liebe. Die anderen Frauen seien Spielzeug, Abenteuer, Erfahrungen, Befriedigung. „Alle?" Gott sei Dank kam die Sitzung zu ihrem Ende und ich flüchtete.

Gleichzeitig bemerkte ich, dass ich erste Fantasien mit Juna entwickelte. Sie war eine sehr attraktive Frau, ich unterhielt mich gerne mit ihr. Mittlerweile duzten wir uns, rein geschäftlich, da „das Du für ein offeneres und direkteres Miteinander sorgt", so erklärte sie es mir. Bei der nächsten Kommunikation musste ich ihr über meine neuen Fantasien berichten. „Juna, ich muss ehrlich sein: Seit den letzten beiden Terminen träume ich auch von Sex mit Dir. Ich kann nichts dagegen tun.

Meine Fantasien werden stärker. Es ist mir peinlich, darüber zu sprechen, aber Du sagtest, ich soll immer ehrlich sein. Also, ich stelle mir vor, wie es wäre, intim mit Dir zu werden. Du bist eine sehr hübsche Frau. Du reizt mich. Ich hoffe, ich trete Dir damit nicht zu nah, aber ich würde gerne mal mit Dir schlafen." Juna zeigte sich professionell und machte ihre Notizen, hielt dabei aber auch regen Blickkontakt mit mir.

An ihrer Mimik und Gestik merkte ich aber, dass das, was ich sagte, ihr gefiel. Sie fragte mich nach meinen genauen Fantasien mit ihr. Ich erklärte: „Ich stelle mir vor, dass wir uns irgendwie einig werden und einen Weg finden, intim zu werden. Bei Dir zu Hause, in der Praxis oder in einem Hotel. Einfach alles drumherum vergessen, nur Du und ich sein. Nur wir beide. Und dann ganz sinnlich, romantisch und zärtlich uns gegenseitig ausziehen und verwöhnen. Zuerst intensiv küssen, knutschen, dann Petting. Ich verwöhne Dich. Dann Du mich.

Und zur Krönung dann miteinander schlafen. Ich stelle mir vor, wie Du nackt aussiehst, ob Du unten rasiert bist und welche Deine Lieblingsstellungen sind. Typische Männerfantasien." Juna hörte aufmerksam zu und gab sich sehr professionell. Top Therapeutin! Eigentlich schon kriminell, was ich so alles veranstalte, sie könnte mich dafür rauswerfen, vielleicht sogar in die Psychiatrie für Sexsüchtige oder Perverse einliefern, doch sie war mir gut gesonnen und fair. Danke dafür.

„Du weißt aber, dass das alles niemals passieren wird", erklärte Juna mir dann. „Ja, aber träumen darf man, oder?" „Ja, das ist nicht verboten", grinste sie. Gesprächsende. Hatte ich sie geknackt? Hey, wir sprechen hier von der eigenen Therapeutin. Der nächste Termin sollte die Antwort geben. Und was für eine! Juna und ich begannen unser Gespräch und tauschten uns aus.

Sie fragte, ich antwortete. Nach einer halben Stunde konfrontierte sie mich: „Also, ich muss schon sagen, Deine Sexualität ist – wissenschaftlich betrachtet – erheblich stark ausgeprägt. Deine Fantasien dominieren Dein Denken. Ein Praxistest würde mir die Diagnose erleichtern." „Ein Praxistest? Wie sähe dieser aus?" „Naja", stand Juna auf und stellte sich ans Fenster. 20 Sekunden Pause. Dann drehte sie sich zu mir um:

„Was ich jetzt sage, muss unter uns bleiben. Ich liebe meine Arbeit und kenne den rechtlichen Rahmen. Mir ist es untersagt, mit Klienten außerhalb der Praxis zu verkehren. Das Eine muss strikt vom Anderen getrennt werden. Andererseits bin ich Sexualtherapeutin, und wenn es der Fall notwendig macht, ist es möglich, beide Augen zuzudrücken und Praxisarbeit mit einfließen zu lassen. Ich habe so etwas noch nie gemacht, doch wir hatten im Studium darüber gesprochen, dass – im Fall der Fälle – auch mal, gerade in der Sexualtherapie, etwas erlaubt ist, was sonst eigentlich verboten ist. Ist aber eine Insiderinfo."

„Was willst Du damit sagen?", zwang ist sie, zum Punkt zu kommen. „Du bist ein komplizierter Fall. Du hast Dich mir geöffnet wie ein Buch, doch ganz schlau werde ich nicht aus Dir. Ich könnte es verantworten, ein wenig Praxis mit einzubeziehen, aber nur unter der Voraussetzung, dass das unter uns bleibt." „Wie sähe der Praxisteil aus?", lockte ich sie aus ihrem Versteck. „Naja, deutlich körperlicher als die Gespräche bisher.

Ich müsste am eigenen Leib fühlen, wie das mit Dir ist, wie Du Dich dabei verhältst, wie Du es machst, wie Du die Frau behandelst, dann könnte ich viel besser die Diagnose stellen. Deal! Ich hatte Juna im Sack. Meine Therapeutin hatte mir gerade ein unmoralisches Angebot unterbreitet. „Bist Du sicher?" „Ehrlich gesagt Nein, aber ich denke, es würde uns im Therapieprozess weiterbringen, weil ich deutlich mehr über Dich erfahren würde, auf allen Ebenen, vor allem auf der, über die wir die ganze Zeit sprechen."

Ich gab mich zögerlich. Doch Juna durchschaute mich: „Hey, spiel hier nicht den Unschuldigen. Du willst es doch, also tu nicht so, als wenn Du Bedenken hättest." „Die Bedenken hast Du mit dieser Aufforderung weggeblasen", grinste ich. Sie grinste mit. Wir besprachen den Rahmen.

Wir einigten uns, beim nächsten Praxistermin den Fokus auf die Körperlichkeit zu legen. Juna gab mir den letzten Tagestermin, wir hatten also sturmfreie Bude. Ich freute mich wie Hannes auf den Freitag. Ich zog mich schick-cool an und duftete wie Amor. So traf ich Juna, die sich ebenfalls auf diesen speziellen Termin vorbereitet hatte. Ihre Haare trug sie zum ersten Mal zusammengebunden und sie hatte ein besonderes Strahlen im Gesicht.

Zuerst sprachen wir, dann – nach einer halben Stunde – meinte Juna: „Dann gehen wir jetzt rüber." Sie hatte das Nebenzimmer hergerichtet. Ein Bett hatte sie nicht dort stehen, aber ein großes Sofa. Sie hatte es aber am Boden gemütlich gemacht. Weiche Unterlagen, Decken und Kissen auf etwa 2 x 2 m. Sah aus wie das Ambiente einer Erotischen Massagestation. „Also, was wir hier heute tun, bleibt unter uns. Versprochen?"

„Natürlich", versicherte ich ihr. „Ich vertraue Dir genauso wie Du mir. Ich denke, wir haben eine gute Basis, das tun zu dürfen. Innerhalb der Therapie kann ich das vertreten, zwar mit viel Mühe, aber immerhin. Es läuft nach meinem Kommando. Wir sind nicht hier, um zu vögeln, sondern machen echte Sexualtherapie. Sei einfach so, wie Du bist. Verstell Dich nicht. Ich muss Dich lesen können." „Gut", nickte ich und wartete ab.

„Du darfst mich jetzt anfassen", lächelte Juna. Das ließ ich mir nicht zweimal sagen. Schon schlich ich um sie herum und kam ihr näher. Als erfahrener Lover weiß ich, was Frauen wollen. Ich kam ihr näher und näher und berührte sie zart am Hals. Juna hielt hin. Ich küsste sie am Hals. Sie hielt hin. Ich berührte ihren Körper. Sie hielt hin. Ich gab mich Gentleman, riss ihr weder das Kleid vom Leib noch grabschte nach ihrem Busen. Elegant streichelte ich ihr über den Po, der sich echt gut anfühlte.

Langsam glitten meine Hände tiefer. Ich streichelte Junas Beine und brachte sie und mich in Stimmung. Schließlich zog ich ihr das Kleid aus. Sie hielt hin. Da stand sie, in reizvoller Unterwäsche. Ich blickte ihren Körper an. Er war wunderschön. Die große Frau war gut trainiert und absolut in shape. Ihr Body war braun gebrannt und faltenfrei. Ihr String zeigte mehr Haut als Stoff. „Ich fände es schön, wenn Du mich auch ausziehst", hauchte ich ihr ins Ohr. Tat sie.

19

Sie knöpfte mein schickes Hemd auf, warf es zu Boden. Auch meine Jeans öffnete sich nicht von allein, hier durfte sie aufknöpfen und abstreifen. Ich hielt hin. Es war still. Keine Musik. Keine Stimme. Wir standen uns gegenüber und schauten uns an. Die sexuelle Spannung durfte nun entgleisen. „Du bist wunderschön, genauso, wie ich es mir vorgestellt hatte. Jetzt frage ich mich allerdings, ob Du untenrum rasiert bist oder nicht."

„Finde es heraus", köderte sie mich. Ich berührte ihren Po und griff nach dem Stofffetzen, ehe ich ihn langsam herunterzog. Da, ein kleines Büschel Schamhaare, nicht viel, aber immerhin. Es stand direkt über ihrer Clit. Schwarz wie der Teufel. Auch ihr BH musste weg. Nackt stand Juna da und sah meinen Steifen. Ich griff nach ihrer Hand und führte sie an meine Unter-hose. Sie griff zu. Meine Therapeutin hatte meinen Schwanz gespürt. Zum ersten, aber nicht zum letzten Mal, soviel stand fest.

Langsam entkleidete sie mich, sodass wir nun splitterfasernackt waren. „Was nun?", fragte ich Juna. „Was würdest Du denn gerne mit mir machen?" „Alles", hechelte ich. „Du musst Dich schon für etwas entscheiden", meinte sie. „Alles gleichzeitig geht schwierig." „Darf ich Dich küssen?" „Mach so, wie Du es immer machst. Sollte mir etwas nicht gefallen, sage ich Pause, dann ist Pause." „Okay", küsste ich sie still. Sie hielt hin. Ich küsste sie intensiv. Sie hielt hin. Sie küsste sogar mit. Geil!

Nach 5 Minuten Knutschen unterbrach ich und legte mich wie Pascha auf den Präsentierteller. „Komm", machte mein Zeigefinger die typische Bewegung. Juna legte sich in meinen Arm. Ich streichelte sie und erzeugte ein Wohlfühlambiente, dem sie sich nicht entziehen konnte. Und was über 2.000 Mal funktioniert, wird auch zum 2.001. Mal funktionieren.

Ich spürte sofort, dass ich Juna im Sack hatte. Aus ihrem wissenschaftlichen Interesse war ein sehr intimes geworden. Ich küsste sie und streichelte ihren wunderschönen Körper. Junas Brustwarzen waren spitz und steinhart. Ihre Hände wurden immer aktiver und unruhiger. Zuerst lagen sie entspannt neben ihrem Körper, nun aber streichelten sie meine Brust. Unsere sexuelle Spannung stieg. Als ich Junas Muschi berührte, stöhnte sie laut auf.

Als Muschiexperte weiß ich genau, was Frauen wollen, vor allem beim ersten Mal: Sie wollen verwöhnt werden. Ich spielte mit ihren Schamlippen, auf ihrem Venushügel und zwischen ihren Beinen. Dann war ihre Klitoris dran. Während wir knutschten, stimulierte ich diese mit meinen Fingern. Minuten später erlebte Juna einen heftigen Orgasmus. Sie schrie nicht, aber sie bebte. Dann entspannte sie sich. Ich streichelte weiter und drückte Juna eng an mich, was ihr gefiel.

Wie eine Katze rollte sie sich in mich hinein. Doch ich rollte mich kurz danach wieder heraus, da ich größere Pläne für sie hatte: den oralen Orgasmus. Ja, der Leckpapst muss seinem Beinamen alle Ehre machen. Ich küsste Junas langen Körper hinab, bis zu ihrer Pussy. Dann startete ich das Drama. Mit meiner Twistertechnik von Katja besorgte ich es ihr so was von.

Juna ließ alles zu und ich leckte, saugte, rubbelte, drückte und werkelte sie zu einer ganzen Orgasmussalve. Wie viele es waren, weiß ich nicht, aber es waren einige. Juna war unten mittlerweile feucht wie ein Wasserfall und öffnete ihre Beine immer weiter, um mir noch besseren Zugang zum Paradies zu geben. Nach 15 Minuten Cunnilingus konnte sie nicht mehr und zog mich an den Haaren liebevoll hoch. Sie kuschelte sich auf meine Brust und atmete genüsslich.

Ich streichelte Juna und gab ihr Zeit. Schließlich stöhnte sie: „Das war echt wunderschön! Ich habe Dich unterschätzt. Ich dachte, wahrscheinlich bist Du ein Pantoffelheld, der viel verspricht, aber dann nichts hält. Aber das Gegenteil ist der Fall: Du lässt Deinen Worten verdammt gute Taten folgen. Ich muss zugeben: Das war echt wunderschön. Ich verstehe jede Frau, die mehr von Dir will." Recht hatte sie.

Ich wartete darauf, nun von Juna verwöhnt zu werden, doch sie unternahm nichts. Sie lag in meinem Arm, ihre Hand auf meiner Brust, die sie kraulte. „Und was ist mit mir?", fragte ich sie. „Ich will auch kommen." „Naja, eigentlich ist Dein Orgasmus nicht von Relevanz für meine Studien. Aber es wäre unfair, Dich jetzt hängen zu lassen." Mit diesen Worten glitt ihre Hand tiefer und erreichte meinen Penis. Die erste Berührung elektrisierte mich. Die zweite faszinierte mich. Die dritte erregte mich. Die vierte versteifte mich.

Die fünfte machte mich geil. Ich ließ Juna machen. Ebenso zärtlich wie zuvor ich sie, verwöhnte sie nun mich. Juna kraulte meine Eier und rutschte immer tiefer, bis sich ihr Kopf seitlich an meinem Penis befand. Würde sie oder würde sie nicht", ging mir durch den Kopf. Schon küsste sie ihn. Es fühlte sich himmlisch an. Dann lehnte Juna sich seitlich über meinen Oberkörper und nahm meinen Prince in den Mund. Sie lutschte ihn steif, bis es steifer nicht mehr ging. Blasen konnte sie ziemlich gut, das Therapeutenluder.

Ich wollte aber, wenn ich komme, unbedingt ihr Gesicht sehen. Ich wollte die Lust in ihren Augen erkennen. Die Geilheit, die sie für mich verspürte. „Mach es von vorne", flüsterte ich. Juna kniete sich zwischen meine Beine und setzte ihren B-Job fort. Mit einer exzellenten Technik verwöhnte mich Sexualpsychologin Juna. Eines war klar: Von ihrem Themenfach der hatte sie sehr viel Ahnung. Trotzdem – wahrscheinlich bewusst aus Scham – vermied sie in diesen Minuten Blickkontakt mit mir.

Juna konzentrierte sich darauf, mich bestmöglich zu befriedigen. Das gelang ihr. Spätestens, als ich laut schnaufend meinen Höhepunkt ankündigte. Ich schoss mein Sperma mit 300 Sachen heraus. Juna zuckte und wollte nicht schlucken. Sie erhob sich und wichste mich mit ihrer rechten Hand zu Ende. Dankbar schaute ich sie an. Ihre Brüste waren voll von meinem Samen, ebenso ihre Hand.

Jeder ihrer Finger hatte etwas abbekommen. Juna zauberte Feuchttücher hervor und reinigte sich. Ich reinigte mich. Dann stand sie auf und zog sich an. Ich ebenso. „Gut, dann bis zum nächsten Mal", fasste sich Juna kurz und drückte mir die ehemalige Spermahand. Etwas seltsam war dieses Ende schon. Ich konnte es mir nur so erklären, dass Juna ziemlich überfordert war mit der Situation und diesem herrlichen sexuellen Erlebnis mit mir. Kein Wunder.

4 Tage später stand der nächste Termin an. Abgesagt hatte sie ihn nicht. Gut! Ich wusste trotzdem nicht, was mich erwartete. Hübsch sah sie wieder aus. Diesmal mit Handschlag plus Bussi links und rechts. Eine Mischung aus professionell und freundschaftlich. Ihre Haare trug sie im Zopf.

Die Tür zum Nebenzimmer war zu, ich wusste nicht, ob es erneut zu einem physischen Akt kommen sollte. „Und, wie geht es Dir?", startete Juna. „Gut", nickte ich und erzählte ihr von meinen letzten Tagen. „Lass uns über das sprechen, was letztes Mal im Praxisteil passiert ist. Wie hast Du das empfunden? War ich nur eine Ware für Dich oder hast Du die Intimität mit mir genossen?" „Letzteres", eröffnete ich.

„Zuerst möchte ich Danke sagen für das Vertrauen, das Du in mich hast. Wie es für mich war? Superschön. Es war ein magischer Moment. Das, wovon ich Tage davor geträumt hatte, war in Erfüllung gegangen. Ich habe es genossen, Dich zu küssen, Dich auszuziehen, Dich zu streicheln, zu verwöhnen und Dich zum Orgasmus zu bringen. Und ich habe es genossen, von Dir verwöhnt zu werden." Juna machte sich wie immer ein paar Notizen und bohrte weiter.

„Hast Du währenddessen an Deine Ehefrau gedacht?" „Nein." „An Deine Kids?" „Nein." „Vielleicht an etwas anderes dann?" „Nein. Nur an Dich. Ich war zu 100 Prozent nur bei Dir und dem, was geschah." Weitere unangenehme Fragen folgten: „Würdest Du es wieder mit mir tun?" „Ja." „Schämst Du Dich nicht?" „Nein." „Was würde Deine Frau sagen, wenn Sie das wüsste?" „Sie würde mich verlassen." „Was dann?" „Hm, keine Ahnung. Aber sie weiß es ja nicht."

Nach einer gefühlten Stunde fieser Fragen stand Juna auf und meinte: „Komm." Ich kam. Das Nebenzimmer war hergerichtet wie letztes Mal. Mir war klar: Es würde wieder passieren! Würde Juna diesmal mit mir schlafen? „Heute möchte ich, dass Du mit mir schläfst. Wir gehen einen Schritt weiter. Noch mehr Intimität. Mal sehen, wie Du damit klarkommst und was Deine Körpersprache mir heute verrät." So ein perverses Luder!

Unter dem Deckmantel der Psychologie wollte sie von mir gefickt werden. Solche Frauen liebe ich! Juna zog sich ihren Minirock und ihr Top aus, dann ihre Unterwäsche. Dann legte sie sich hin und schaute mich an. Das konnte ich auch: Ich zog mein Hemd, meine Jeans und Unterhose aus und legte mich zärtlich auf sie. Juna ließ es zu. Ich schob ihr Haar beiseite und schaute ihr tief in die Augen. Dann schloss ich diese mit zärtlichen Küssen.

23

Zuerst auf ihre Augen, dann auf ihre Nase, ihre Ohren, ihren Hals, dann auf ihre Lippen. Darauf hatte Juna gewartet und küsste nun fleißig mit. Die ultimative Sexstudie durfte fortgesetzt werden. Mein Penis drückte unruhig gegen Junas Bauch. Plötzlich hielt sie mir ein Kondom vor die Nase. Ich streifte es mir sofort über. Junas Pussy war sehr schön. Ich drang behutsam in sie ein und startete mit der Arbeit. Juna starrte mich dabei an, als wolle sie mich lesen.

Anstatt zu genießen, studierte sie wohl mein Verhalten. War mir in diesem Moment egal, da ich meinen Spaß hatte. Ich fickte Juna langsam und intensiv. Dann schnell und hart. Dann langsam und intensiv. Dann schnell und hart. Plötzlich kam ich auf die Idee, den Spieß umzudrehen: „Magst Du mal auf mich?" Tatsächlich, das wollte sie. Geil! Juna hockte sich auf meinen Schwanz und begann mich zu reiten. Sie ritt langsam und intensiv. Dann schnell und hart. Langsam und intensiv. Dann schnell und hart. Sie hatte sichtlich ihren Spaß dabei.

Juna dominierte mich nach allen Regeln der heiligen Sexualkunst. Genauso wollte ich kommen. 20 Sekunden später schoss ich ab. Juna ritt weiter und ihre Pussy schenkte mir einen flutschigen Auf-und-ab-Orgasmus. Als ich fertig war, blieb sie auf mir knien und strahlte mich an. Ich strahlte zurück. Sie sollte aber noch mehr strahlen, also leckte ich sie zu 2 Orgasmen. Spätestens da war mir klar, dass dies über eine psychologisch-sexuelle Studie weit hinaus ging. Juna kam heftig ruckelnd. Sie schrie ihre Lust in ein Kissen hinein.

Mit hochrotem Kopf zog sie mich zu sich und küsste mich. 5 Minuten später waren wir angezogen und ich ging. Die nächste Sitzung begann wieder mit blöden Fragen, die ich aber diesmal souverän beantwortete. Ich kannte ihr Katz-und-Maus-Spiel ja und wusste auf ihre Herausforderungen schlagkräftig, zugleich ehrlich zu antworten.

Lügen brachte ja auch nichts, schließlich war ich es, der noch Geld für diese Gespräche bezahlte. 100 Euro die Stunde. Ein teures Vergnügen. Juna legte mir ihren Bericht vor: „Also, so wie ich das sehe, bist Du ein Mann mit ausgeprägtem Sexualtrieb. Ein wenig narzisstisch und egoistisch. Gleichzeitig romantisch und sehr liebevoll.

Du kannst Sex und Liebe komplett trennen, bist ein sehr guter Liebhaber und weißt genau, was Du da tust. Schuldgefühle hast Du zwar, aber die sind so schwach, dass sie Dich nicht daran hindern, von einem Bett ins Nächste zu springen. Du betrügst immer wieder Deine Frau. Könntest mehr Zeit mit ihr und Dienen Kids verbringen, aber treibst es stattdessen mit anderen Frauen. Die behandelst Du gut und respektvoll, so wie ich das beurteilen kann. Die Frauen fühlen sich wohl bei Dir.

Du gibst ihnen das, was sie brauchen. Du schenkst ihnen echt guten Sex. Du vermittelst ihnen Geilheit und Wärme zugleich. Aber wie soll das Ganze weitergehen? Möchtest Du der untreue Ehemann bleiben?" „Ich weiß es nicht. Eigentlich schon. Ich sehe das nicht so eng. Ich lebe mich aus und brauche das", konterte ich. „Meinst Du, ich bin sexsüchtig?" „Ja, vielleicht. Auf jeden Fall süchtig nach neuen Abenteuern.

Dir fehlt Stabilität im Leben. Aber sonst hast Du keinen Schaden. Du stehst im Leben, hast nur eine große Schwäche für Frauen." „Na, wenn´s weiter nichts ist", grinste ich. „Trotzdem sollten wir die Therapie fortsetzen und über die Hintergründe sprechen, warum Du das tust." Von mir aus gerne. Denn ich rechnete damit, dass bei jeder Sitzung auch ein Fick inklusive war. Ich hatte Recht. Nach dem Theorieteil kam der Praxisteil.

Diesmal fickte ich Juna Doggy. 15 Minuten hielt ich durch, dann donnerte ich ins Kondom. Nun gab es die geleckten Orgasmen für meine Therapeutin, ehe wir beide glücklich in den Feierabend gingen. Bei der nächsten Sitzung blies Juna mich zum Höhepunkt, bei der darauf machten wir Löffelchen und sie wichste mich auf ihre Brüste zu Ende. Langsam wurde es mir zu viel, da Andrea immer wieder nachfragte, wie weit meine Therapie fortgeschritten sei und dass ich doch wieder einen fitten Eindruck mache.

Ich musste meine Therapie beenden. Juna schenkte mir zum Abschluss einen Ritt rücklings. Dann gingen wir getrennte Wege. Der Vorhang des Schweigens über das Vorgefallene war mir wichtig, aber zum Glück haben alle Therapeuten ja eine gut gehütete Schweigepflicht, auch Juna. Gleichzeitig wusste ich, wenn ich wieder psychologischen Rat benötige, die Praxis von Juna stünde mir jederzeit offen.

Mystisch, sehr mystisch

Ich hatte Lust auf Spaß. Rund um Riem befinden sich einige der besten Laufhäuser Münchens. Im Web hatte ich eine äußerst interessante Sexarbeiterin namens Alexis entdeckt. Sie war neu, ich musste sie testen. 24 Jahre jung, mystisch hübsch. Da muss viel Photoshop im Spiel sein. Ich vereinbarte – Rufnummer unterdrückt, wie immer – einen Termin mit ihr. 1 Stunde gehörte sie mir. Für 150 Euro „all inclusive".

Als ich Alexis sah, stockte mir mein Atem, denn sie war genauso mystisch wie auf den Fotos. Tiefblaue Augen lächelten mich an. Faszinierend. Genauso blau wie die von Terence Hill. Schlank und sexy, die Kurven an den richtigen Stellen. Kein Gummi im Körper. Wir vereinbarten eine Massage, dann Ficken mit Hand-Happy-End am Schluss, aber ohne Kondom. Nach der Dusche legte ich mich auf ihr Bett.

Schnell war sie nackt bei mir und begann mich zu streicheln. Ihre mystische Schönheit und ihre sehr eigene Ausstrahlung überwältigten mich. Normal startet eine erotische Massage mit dem Rücken, doch ich wollte sie sehen, so lag ich auf ebendiesem und präsentierte ihr meine Vorderseite. Alexis cremte zärtlich meine Brust ein. Sie ließ sich Zeit, schließlich hatten wir Zeit. Sie streichelte meine Beine. Fühlte sich köstlich an. Doch nach 10 Minuten machte ich mir Sorgen, da mein Dong alles andere als steif war.

Normalerweise steht er schon bei der ersten Berührung einer Frau wie eine Eins. Endlich konzentrierte sich Alexis auf mein Gemächt. Ihre Hände waren schön, gepflegt, ein knallroter Nagellack schimmerte mich an. Ihre langen, blonden Haare waren frisch gewaschen und dufteten gut. Alexis´ kleinen Finger umfassten meinen Penis, doch seltsamerweise tat sich nicht viel.

Es fühlte sich zwar himmlisch an, doch irgendwie wurde er nicht steif. Verdammt, was dar da los? Alexis tat alles, um ihn steif zu bekommen, doch er wollte nicht. Schließlich ergriff sie ein Kondom, blies es mir über und blies weiter. Endlich regte er sich und fing an zu pumpen. Ich war erleichtert. Normalerweise gehorcht mir mein Penis aufs Wort.

Ich wusste nicht, was los war. Als mein Dick halbsteif war, steifer wurde er nicht, kroch Alexis auf mich und begann mich zu reiten. Diese Zuckermaus aus dem Feenland war ein Traum. Ihre Muschi war kahl, jung und frisch. Alexis wog vielleicht 48 kg bei einer Größe von 1,70 m. Während ihres Ritts fixierte sie mich. Ihre tiefblauen Augen durchdrangen mich. Sie verunsicherten mich. Ich wurde schlaff.

Alexis schaute mich noch durchdringender an und stieg ab. Mit viel Ruhe und Mitleid lutschte sie ihn wieder halbsteif. Mir war das alles sehr peinlich. Poor Womanizer! „Komm, lass mich mal", versuchte ich, die Situation zu retten. Alexis kniete sich hin und ich nahm sie Doggy Style. Von hinten drang ich in ihre warme Möse ein und konzentrierte mich auf das Ficken. Mein Donnerblitz wurde steifer. Gut. Noch steifer. Gut! Weiter so! Doch nach wenigen Minuten erschlaffte ich wieder.

Was zur Hölle! Ich stöpselte ihn aus und legte mich enttäuscht hin. „Was ist denn los? Warum kannst Du nicht? Bist Du heute schon dreimal gekommen?" „Nein, bin ich nicht. Ich weiß nicht, was los ist. Normal habe ich überhaupt keine Erektionsprobleme. Mir ist das völlig fremd. Tut mir leid." „Schon gut, ist ja nicht schlimm. Erlebe ich öfter, dass Männer überfordert sind." „Ich bin nicht überfordert, nur ratlos, was die Scheiße hier soll."

„Liegt es an mir?" „Nein, Süße. Du bist wunderschön und machst alles richtig. Die Blockade muss in meinem Kopf sein. Versuchen wir es nochmal." Alexis hatte Verständnis und versuchte es nochmal. Zuerst mit ihrer Hand, dann mit ihrem Blasemund. Halbsteif wurde er wieder. Dann ritt sie mich, doch meine Erregung wurde wieder schwächer. Entnervt gab ich ihr das Zeichen, abzusteigen. „Soll ich es Dir mit der Hand zu Ende machen?", fragte Alexis. „Ja, versuch es bitte."

Alexis gab sich wirklich Mühe, zuerst mit ihrer linken Hand, dann mit ihrer rechten, dann mit beiden gleichzeitig. Mal mit Hammergriff, mal mit Kreisgriff. Schnell, langsam, superschnell. Doch mein Penis wollte nicht ejakulieren. Ich wurde wütend. Wütend auf mich selbst. „Lass es gut sein, Süße, ich kann heute nicht", entschuldigte ich mich, zog mich an und ging. Zu Hause bekam meine Frau Andrea meinen Frust ab.

Ich fickte sie heftiger als sonst und kam bösartig in ihr. Warum konnte ich bei Alexis nicht kommen? Lag es an mir oder an ihr? Ich musste es herausfinden und buchte einen weiteren Termin. Als sie mich sah, musste sie lachen: „Du schon wieder." „Ja, heute wird es funktionieren", grinste ich. Leider lag ich falsch. Wieder gab sie sich beste Mühe, mich zu versteifen, doch es ging einfach nicht.

Diese Frau hatte etwas sehr Mystisches, Beunruhigendes an sich. Irgendetwas in ihrer Aura blockierte mich. Ich hatte das Gefühl, sie durchschaut mich. Diesmal wurde mein Held zwischendurch komplett steif, doch als Alexis auf mir ritt und mich visuell fixierte, wurde ich schwach. Auch diesmal gelang es ihr nicht, mich per Hand oder Mund zum Orgasmus zu bringen. Mit hochrotem Kopf verschwand ich.

Diesmal holte ich mir am Abend einen runter, um Andrea nicht vergewaltigen zu müssen. Ich musste wissen: Bin ich krank? Ich organisierte mir einen weiteren Termin bei Sexualtherapeutin Juna, die sich riesig freute, mich wiederzusehen. Ich erzählte ihr das Vorgefallene. Juna erklärte mir, dass das eine Blockade in meinem Kopf sein muss, da ich körperlich ja einwandfrei funktioniere.

Diesen Beweis erbrachte ich 40 Minuten später, als ich in ihr kam. „Siehst Du, es liegt nicht an Deinem Körper. Die Blockade liegt in Deinem Kopf." Juna gab mir Tipps, um nicht ein drittes Mal bei Alexis zu versagen. Mutig besuchte ich die schwer Mysteriöse erneut. Alexis kicherte bevor ich eintrat. Luder! „Diesmal aber", tönte ich vorlaut. Was soll ich sagen: Ich versagte ein drittes Mal. Nichts half. Ich konnte nicht kommen. Beschämt verließ ich sie auf Nimmerwiedersehen. Tja, auch ein Womanizer muss mal verlieren können.

Um meine Niederlage doch noch in einen Sieg zu verwandeln, schnappte ich mir einen Stock tiefer Ilana, eine aus Bulgarien, 25, und ließ mich von ihr zum Orgasmus reiten. Ein paar Tage später erfüllte Ivy meine Wünsche. Ich spritzte Doggy ab. Auch mit Jozephine war alles kein Problem. Sie brachte mich mit einem Footjob zum Abspritzen. Mit mir war alles okay. Das Risiko, noch einmal bei Alexis zu versagen, ging ich aber nicht mehr ein.

Apropos Niederlagen

Jetzt möchte ich allen Männern Hoffnung machen, dass es nicht immer klappen kann. Selbst ich als Womanizer, der schon über 2.000 Frauen im Bett hatte, habe im Laufe der Jahre die eine oder andere Abfuhr erhalten. Manche schluckte ich weg, andere taten sehr weh. Doch ich ließ mich nie unterkriegen und feierte dann meist schon kurz darauf meinen nächsten großartigen Sex-Erfolg.

Ich erinnere mich noch gut an meine frühere Englisch-Lehrerin Dana. Ich machte Abi, sie war 32. Ich hatte sie 2 Jahre lang in der Oberstufe gehabt und fand sie rattenscharf. Sie bekam mit, dass ich viele Mädels hatte. Als die Abi-Prüfungen vorbei waren, fragte ich sie am Rande der Party, ob sie mir eine Nacht zum Abschied schenken würde. Entrüstet ohrfeigte sie mich und zischte ab. Hatte ich nicht von ihr erwartet.

Als ich 22 war und in einer WG wohnte, lernte ich Liyana kennen. Ich hatte das Gefühl, sie wollte mich genauso wie ich sie. Nach tagelangem Flirt ging ich in die Offensive, fing mir aber einen deftigen Korb ein, denn sie outete sich als lesbisch. Das tat weh. Ronja fand meinen Schwanz zu klein und weigerte sich, mit mir zu schlafen. Das muss man sich einmal vorstellen.

Die hübsche Frau, damals 27 Jahre, hatte mir auf einer Geburtstagsparty schöne Augen gemacht. Ich war ebenfalls 27 und verschwand mit ihr kurz nach dem ersten Kuss auf der Toilette in ihre Wohnung, Eine Etage drüber. Als ich mich entkleidete, starrte sie mich ungläubig an: „Du hast aber einen Mikropenis." Verstand ich nicht. Er stand wie ein Schwert. Seine 15 cm waren noch kaum einer Frau bisher zu klein gewesen.

Ronja bekam sich irgendwann ein und wollte trotzdem mit mir schlafen, doch mein Schwanz war ihr weder lang noch breit und dick genug. Sie brach ab und meinte: „Also, mit so einem kleinen Teil kann man doch keine Frau vernünftig befriedigen." Ich wurde wütend und forderte wenigstens einen Blowjob ein, doch nicht mal den bekam ich. Ronja schmiss mich raus und ging wieder auf die Party.

Um sich einen besser bestückten Stecher für den Abend zu suchen. Lillian war eine andere fiese Erfahrung. Sie war eine hübsche Nutte, die mich am Schluss mit der Hand zum kondomfreien Samenerguss brachte. Ich kam gut und spritzte viel ab, da meinte sie: „Du hast doch heute sicher schon ein paar Orgasmen gehabt, oder? So wenig, wie da gerade herauskam." Frechheit! Zu der ging ich nie wieder.

Valeria, 22, meinte, mein Sperma schmecke wie Scheiße. Wortlos verließ ich sie. Der One Night Stand mit Vivi endete in einem Fiasko, da Vivi ein Transgender war. Er sah so sie aus. Erst im Bett erkannte ich die Wahrheit. Auf und davon! Colleen war eine große Enttäuschung. Monatelang investierte ich Zeit, Geduld und Flirts, um sie rumzubekommen. Ich war damals Mitte 30, sie Anfang 30.

Colleen arbeitete bei uns am Empfang. Ich wusste nicht viel von ihr, außer, dass sie hübsch war. Sie flirtete gut mit und machte mir schöne Augen. Sie wusste, dass ich verheiratet war. Ich wusste nicht, dass sie verheiratet war. Als es darauf ankam und ich ihr mein unmoralisches Angebot unterbreitete, ergriff sie ihre geplante Chance: „Das sage ich meinem Mann, der ist Boxtrainer, sowie Deiner Frau. Um das zu verhindern, musst Du mir 10.000 Euro zahlen, dann bleibt das unser Geheimnis." Schlampe!

Ich hatte mich erpressbar gemacht und entschied mich zu zahlen, ehe die Sache eskalierte. Als sie 1 Jahr später von sich aus kündigte und die Firma verließ, war ich heilfroh. Dann war da noch Fritzi, die sexy Blumen-Verkäuferin am Marienplatz. Im Bett, nach dem Akt, behauptete sie, ich könne ja überhaupt nicht richtig ficken. Meine Bewegungen und Stöße seien absolut unrhythmisch und alles andere als geil.

Sie habe schon viele Kerle im Bett gehabt, aber keiner sei so ungeschickt gewesen wie ich. Das musste ich erst einmal schlucken, dann darüber lachen. Florentine machte mich richtig wütend. Ich musste aufpassen, dass mir bei ihr nicht die Hand ausrutscht, und doch passierte es. Ich musste es tun. Sie war eine 26-jährige Studentin, mit der ich ein paar Mal heißen Sex hatte. Sie war sehr hübsch, genau mein Typ Frau. Nach ein paar Sex-Dates verkündete sie mir, direkt nach dem Tagesakt:

„Ich habe das Spektakel heute aufgenommen. Hier drüben im Schrank ist die Kamera versteckt. Ich will 5.000 Euro von Dir oder die Aufnahme wird Dir Dein Leben ziemlich ungemütlich machen." Ich war bereits Boss, das wusste sie. Ich hatte einiges zu verlieren, sie allerdings auch. In aller Ruhe ging ich zu besagtem Schrank und stoppte die Aufnahme. Dann ging ich auf sie zu. Sie bekam Angst. Musste sie auch, denn kurz darauf traf sie eine Ohrfeige.

Dann eine zurück mit der Rückhand. Florentine schrie und heulte gleichzeitig. Ich ohrfeigte sie noch einmal. Hin und her. „Du glaubst, Du kannst mich erpressen, Schlampe?!", griff ich sie auch verbal an. „Dann nimm das." Diesmal ein Hieb in ihren Bauch. Der nahm ihr die Luft. Dann griff ich ihren Hals und drückte zu. Florentine röchelte nach Luft. „Pass auf, Mädel, ich bin ein gutmütiger Mann, aber eines lasse ich mich nicht: von Dir oder wem auch immer verarschen.

Wenn Du denkst, Du kannst mich erpressen, dann fürchte um Dein Leben. Lass mich in Ruhe und verschwinde aus meinem Leben!" Mit diesen Worten gab es noch mal einen Satz heißer Feigen. Dann zog ich mich an, nahm die Kamera mit und verschwand. Nie wieder habe ich etwas von Florentine gehört. Als Erinnerung blieb mir das Sex-Tape.

Es zeigte mich, wie ich sie herrlich fickte und sie mich göttlich zu Ende blies. Immerhin eine gute Sache an der Sache. Naja, Ihr seht, Nobody´s perfect. Auch ich erlebe hin und wieder mal Niederlagen, doch meine Siege sind es, die mich ausmachen und mir eine geile Tussy und Pussy nach der anderen ermöglichen. Ja, lang lebe der Womanizer!

Lektion gelernt

Der Name „Antonia von Fuchsbergen" ist sehr selten, das ist klar. Umso mehr erstaunte es mich, als genau diese Antonia, mit der ich vor 7 Jahren eine Affäre hatte, mir eine Freundschaftseinladung auf Facebook schickte. Ich nahm sofort an. Schnell entwickelte sich ein reizender und verlockender Wiedersehens-Plausch. Ihr Profilbild zeigte sie in ihrer ganzen Schönheit: rothaarig, sexy, aufregend.

Sie war mittlerweile 32 und Grafikerin für 2 Printmagazine. Vorgeschichte: Ich war damals 35 und kooperierte mit einer Agentur. Die schickte Antonia für 2 Wochen, die Dauer des Projektes, zu uns. Ich hatte eine Auswahl an 7 Grafiker*innen erhalten, alle mit Lebenslauf und Portfolios, aber meine Entscheidung war sofort getroffen, als ich in die Augen der feuerscharfen Antonia blickte.

Das Vorstellungsgespräch meisterte sie mit Bravour, also bekam sie den Job. Sie sollte uns ein Magazin bebildern und layouten. Die damals 25-Jährige hatte bereits erstklassige Arbeiten vorzuweisen und erschien an ihrem ersten Arbeitstag im sexy Minirock. Der war so mini, dass alle männlichen Kollegen hitzefrei oder ein Date mit ihr forderten. Hitzefrei lehnte ich ab, die Dates lehnte sie ab.

Die Antonia wusste genau, auf was Männer stehen. Sie geizte nicht mit ihren Reizen, sondern setzte sie gezielt ein. Luder! Ich arbeitete sehr gerne mit Antonia zusammen, denn zum einen konnte sie tolle Grafiken erstellen, sie war sehr kreativ und konnte über den Tellerrand blicken, zum anderen war sie eine Augenweide, und ich genoss es, ihren halbnackten Körper zu sehen und dabei von heißem Sex mit ihr zu träumen.

An Tag 4 witterte ich meine Chance, denn sie kam später und blieb länger. Ich wartete ab. Als alle aus dem Haus waren, waren nur noch Antonia und ich im Office. Eine günstige Gelegenheit. Zuerst rief ich aus meinem Chefzimmer meine Gattin Andrea an und erklärte ihr, dass es später werden würde: „Zu viel auf dem Tisch, dazu eine neue Grafikerin, die von Tuten und Blasen noch wenig Ahnung hat.

Ich muss ihr andauernd über die Schulter schauen, sonst sind zig Tausend Euro weg." Andrea verstand. Braves Ding. Ich wartete weiter ab. Spätestens zum Verabschieden würde Antonia zu mir kommen. Doch sie kam früher. „Du, schau mal: Was gefällt Dir besser?", rief sie quer durch 2 Räume. Ich marschierte lässig zu ihrem Arbeitstisch und schaute auf ihren Bildschirm.

„Welches Layout gefällt Dir besser? Ich bin mir unsicher", blickte sie mich kritisch an. „Das erste ist top", bestimmte ich. „Okay, ja, Du hast Recht", nickte sie. Neben ihr lag ihr Smartphone. Als Titelbild war ein Hochzeitsfoto von ihr und einem Ausländer-Mann zu sehen. „Wer ist denn das?", fragte ich Antonia und ließ meinen Zeigefinger spielen. „Osama, mein Ehemann." Ich schaute mir den Kerl näher an. „Darf ich ehrlich sein? Irgendwie passt er nicht zu Dir."

„Wie meinst Du das?", schaute Antonia mich kritisch an. „Na, ich meine nur, dass Du in einer anderen Liga spielst als er, so rein optisch." „Das ist aber gar nicht nett, was Du über meinen Mann sagst", schüttelte sie den Kopf. „Tut mir leid, ich möchte Dich nicht kränken oder Deinen Gatten beleidigen, es ist nur der erste Eindruck, den ich habe. Es ist zwar ein schönes Bild von Euch, aber richtig glücklich siehst Du darauf nicht aus. Und irgendwie seht Ihr beide total anders aus. So wie aus 2 unterschiedlichen Welten." Antonia hatte so viel Ehrlichkeit von mir nicht erwartet.

Sie starrte das Foto an. Dann starrte sie mich an. Ich wusste nicht, was ich sagen sollte, also sagte ich schnell „Sorry" und verkroch mich in mein Chefzimmer. Das ging ja mal voll nach hinten los, dachte ich. Ich gab Antonia auf und packte meine Sachen, um zu gehen. Plötzlich stand sie vor mir: „Können wir reden?" „Klar." Sie setzte sich. Ich konnte ihre ganzen Oberschenkel bis fast hin zu ihrer Muschi sehen. Ja, dieser Minirock!

„Pass auf, was ich Dir jetzt sage, bleibt bitte unter uns." Ich nickte: „Versprochen." „Ich habe Osama geheiratet, damit er nach Deutschland kommen kann." Aha, eine Trickehe! „Ich war vor 2 Jahren in Tunesien im Urlaub und hatte dort was mit ihm. Er war Animateur und hatte mich verführt. Wir hatten eine schöne, intensive Woche.

Wir blieben in Kontakt, ich besuchte ihn immer wieder für ein paar Tage. Irgendwie habe ich mich dabei unsterblich in ihn verliebt. Er erzählte mir immer öfter von seinem Leben in Armut in Tunesien. Dass er als Animateur ausgenützt werde und den ganzen Tag für ganz wenig Geld arbeiten müsse. Ich hatte Mitleid. Irgendwann schlug ich ihm vor, nach Deutschland zu kommen. Und da kamen wir an einer Ehe nicht vorbei.

Ich weiß nicht, warum ich das getan habe, aber damals hat es sich für mich richtig angefühlt. Wir verlobten uns in Tunesien und heirateten dann in Deutschland. Ich hatte die Hoffnung, dass alles gut werden würde. Doch schon kurz nachdem er bei mir war, veränderte er sich total. Er wurde frech, abfällig, behandelte mich wie eine Hure. Er forderte Sex von mir, wann immer er wollte.

Lungerte den ganzen Tag herum oder traf sich mit zwielichtigen Typen. Mir war klar, dass ich einen großen Fehler gemacht hatte, doch ein Zurück gab es nicht. Ich bat Osama mehrere Male, die Farce zu beenden und mich in Ruhe zu lassen, doch dann drohte er mir mit Gewalt. Er hat mich auch geschlagen, aber ich selbst kann es auch nicht beenden. Ich weiß nicht mehr, was ich tun soll. Einerseits mag ich ihn ja, aber lieben? Davon kann mittlerweile nicht mehr die Rede sein.

Aber nach außen hin muss ich die glückliche Ehefrau spielen. Alle haben mich vor ihm gewarnt, aber ich war blind." Ich tröstete Antonia: „Fehler macht jeder mal." Ich nahm sie in den Arm und drückte sie: „Wir bekommen das hin. Ich helfe Dir." Antonia begann zu heulen. Vor Dankbarkeit. Ich dachte kurz nach. „Gib mir einen Tag, ich denke nach. Morgen Abend können wir nach der Arbeit sprechen." Sie bedankte sich bei mir, dann schickte ich sie nach Hause. Auch ich ging.

Osama ging mir nicht aus dem Kopf. Schwein, dachte ich. Vögelt als Animateur die scharfe Rothaarige im Urlaub und nutzt sie dann schamlos aus. Naja, als Animateur hatte ja auch ich früher gearbeitet: Verdenken kann man es Osama nicht, diese Schönheit ins Bett gelockt zu haben, aber andererseits … Ich musste Antonia helfen. Am Abend erzählte ich Andrea ausführlich Antonias Geschichte. Meine Gattin war brüskiert und wollte die Polizei anrufen, doch ich hielt sie zurück. „Ich regle das."

34

Ich schlief unruhig, denn Antonia hatte sich in meinem Kopf eingenistet. Am nächsten Morgen führte ich 2 Telefonate, dann war mir wohler. Antonia war pünktlich auf Arbeit und sah verzückend aus. Wieder Minirock. Langsam verging der Tag, doch irgendwann war es früher Abend. Alle waren raus und Antonia kam in mein dickes Chefzimmer. „Pass auf, ich habe gestern lange überlegt und mehrere Optionen. Hör sie Dir an, dann sage mir, was Dir zusagt. Option 1: Wir schalten die Polizei ein." „Nein", schoss sie dazwischen, „keine Polizei".

„Option 2: Du trennst Dich von Osama, ziehst aus und reichst die Scheidung ein." „Dann bringt er mich um. Keine Option." „Na gut, dann gibt es noch Option 3: Wir erteilen Osama eine Lektion." „Eine Lektion, wie meinst Du das?" „Naja, wir erteilen ihm eine Lektion, damit er Dich in Ruhe lässt." „Wie soll das funktionieren?" Ich musste es ihr erklären, und erklärte ihr es anhand des Beispiels von Ahmed. Hintergrund: Ich war jung, 20, gerade von zu Hause ausgezogen.

Abi und Studienplatz in der Tasche. Kohle für eine eigene Mietwohnung hatte ich nicht, bekam ich auch nicht von meinen Eltern, ich sollte mich selbst durchschlagen. Also wurde es eine WG. Es war eine nette 3-Zimmer-Wohnung, in die ich kam, die ich mir mit Fabian und Irena teilte. Fabian, 24, studierte Ingenieurwesen. Irena, 22, Bäckerei-Fachverkäuferin und ein wenig mollig. Beide waren lieb. Und selten da.

Irgendwann zog Irena aus und die ulkige Almut ein, eine 27-Jährige, 2 m große Erzieherin. Dann zog Fabian aus und Karl rückte nach. Auf Karl folgte Timm. Der 23-jährige Stuntman war eine coole Sau und ständig unterwegs. Als Almut ging, kam Jasmin. Diese Jasmin war eine sehr hübsche Jasmin. Gerade 22 Lenze geworden, in Ausbildung zur Hotelfachfrau.

Sie sah aus wie Selena Gomez: dunkelhaarig, schlank, mädchenhaft, sehr sexy. Sie stellte mir bei ihrem Einzug ihren Freund vor: Ahmed, einen Ägypter, Animateur, mit dem sie eine Fernbeziehung führte. München – Hurghada. Die beiden hatten sich 6 Monate zuvor bei Jasmins Mädelsurlaub in einem Hotel in Hurghada kennengelernt. Sie hatte sich voll in ihn verliebt. Er auch in sie? Hm, oder war Ahmed eher auf die Chance aus, nach Deutschland zu kommen?

Ein langer, schlaksiger Kerl mit brutalen Gesichtszügen starrte mich an. Ich bekam ein wenig Angst. Nein, die beiden passten nicht zusammen. Ein paar Tage später war Jasmin eingezogen und ihr Ahmed wieder in Ä, wo er sicher alle paar Tage eine junge Touristin flachlegte. Ich kenne mich damit aus. Jeden Abend skypten sie. Ich hörte Ahmeds gebrochenes Deutsch und sah gleichzeitig Jasmins verliebten Blick. Armes, unwissendes Ding!

Das Zusammenleben mit Jasmin und Timm war sehr angenehm. Timm war ständig on the road, Jasmin und ich verstanden uns supi. Sie bekam viel von meinen wechselnden Frauengeschichten mit und nahm sich den Spaß, im Anschluss meine Errungenschaften auf einer Skala von 1-10 zu bewerten. 10 war Top, 1 war Flop. Ich bekam meist eine 8 oder 9 von ihr, manchmal sogar eine 10, denn die Mädels, die ich anschleppte, waren alle von höchster Qualität. Nicht nur optisch, sondern auch im Bett. Zumindest die meisten.

Hin und wieder philosophierten wir über Gott und Sex. Sie verstand meine schnelle Welt nicht und dass man Sex mit jemandem haben könne, den man nicht liebt. Sie könne das nicht. Sie liebe Ahmed. Nach und nach wurden wir Bruder und Schwester. Alle 2 Monate war sie 1 Woche bei ihrem Stecher in Ägypten oder er für 1 Woche hier. Jasmin zahlte alles. Dafür sparte sie überall anders. Daher finanzierte ich sie mit meinem Nebenjob, Model, ein wenig mit.

Die Jasmin durfte von meinen Einkäufen mitessen. Sie dankte mir sehr dafür. Oft sah ich sie leicht bekleidet oder sogar nackt, sie hatte mehr und mehr ihre Hemmungen verloren und genierte sich nicht, nackt nach dem Duschen durchs Wohnzimmer zu laufen oder sich oben ohne zu schminken. Genieren brauchte sie sich auch nicht mit ihrem Sensationskörper:

Stehende Brüste, mädchenhafte, zugleich sexy Rundungen, top Oberschenkel, Traumhintern, getrimmter Schamhaarstrich in pechschwarz, der ihren Venushügel schmückte. Jasmin gefiel mir ungemein, doch sie war tabu für mich, vor allem wegen Ahmed. Auch wegen ihrer Einstellung zu Sex und Liebe. Egal, ich hatte eine Menge anderer Göttinnen. Eines Abends hörte ich Jasmin heulen in ihrem Zimmer.

Ich klopfte und trat ein. Timm war wie immer nicht da. Da lag die kleine Maus und heulte sich nackt auf dem Bett die Seele aus dem Leib. „Was ist los?", fragte ich vorsichtig. „Der Ahmed ist so ein Schwein", schluchzte sie. „Er hat Nacktfotos von mir gemacht und erpresst mich damit. Er will Geld. Er hat mich die ganze Zeit belogen und verarscht." „Das hätte ich Dir von Anfang an sagen können", wollte ich sagen, verkniff es mir aber.

Nicht draufhauen, wenn jemand schon am Boden liegt. „Was sind das für Bilder?", fragte ich. „Schlimme?" „Oh ja", stöhnte sie, „hier, sieh mal." Jasmin klickte ihren Laptop an und öffnete ihr Postfach, dann erschienen die Erpresser-Bilder, die ihr Ahmed geschickt hatte. Es waren 7 Fotos. Alle geschossen hier in ihrem Zimmer. Foto 1: Jasmin oben ohne. Wunderschön, aber harmlos. Foto 2: Jasmin liegend auf dem Bett, splitternackt. Wunderschön, aber harmlos.

Foto 3: Jasmin kniend mit Po in die Kamera. Wunderschön, aber anrüchig. Man konnte sie darauf nicht eindeutig erkennen. Foto 4: Jasmin auf dem Rücken, ihre rechte Hand an ihrer Muschi, bei der Selbstbefriedigung. Puh! Foto 5: Eine hübsche Hand umfasst einen dunklen Schwanz. Es muss Ahmeds Schwanz sein. Lang und dünn war er. Die Hand war definitiv Jasmins, ich konnte sie an den Fingern und den Ringen klar zuordnen. Aber Jasmins Gesicht war nicht zu sehen, also nicht so dramatisch.

Nun wurde es pikant. Foto 6: Ein Blowjob-Bild. Aufgenommen aus liegender POV-Position. Jasmin kniete vor Ahmed und hatte seinen Dong in Hand und Mund. Foto 7 noch schlimmer: Jasmin reitend auf Ahmed. Sie war deutlich zu erkennen. Alle Fotos wurden mit ihrer Einwilligung gemacht. Sie hatte Ahmed vertraut, wie sie mir sagte: „Er wollte das unbedingt, hat mir gedroht, sonst Schluss zu machen, wenn ich nicht mitmache.

Er meinte, für einsame Stunden brauche er das. Da habe ich Ja gesagt. Ich wollte ihm eine Freude machen und meine Liebe zeigen." Du naives Ding! Ich hatte das Bedürfnis, ihr den Kopf zu waschen, doch hielt mich zurück. Jasmin zu helfen, war nun wichtiger. Ich überlegte. Ahmed wollte 3.000 Euro, die sie nicht hatte. Ich hatte sie, aber wollte nicht zahlen.

„Was ist Stand der Dinge in Sachen Beziehung mit Ahmed?",
fragte ich. „Aus und vorbei! Ich will mit diesem Schwein nichts
mehr zu tun haben. Der kann mich mal am Arsch lecken!" Das
hätte ich gerne getan, zumal ihrer gerade nackt vor mir lag, aber
mir kam eine Idee. Eine gewagte: „Gib Ahmed Bescheid, er
könne sich das Geld abholen kommen. Danach willst Du ihn nie
wieder sehen." „Hä?", schaute mich Jasmin ungläubig an. „Lass
den Burschen kommen, ich kümmere mich um ihn.

Hab keine Angst, ich regle das für Dich. Ich werde ihm
eine Abreibung verpassen, die er nie vergessen wird. Ist Dir das
recht?" „Willst Du ihn verprügeln?" „Sagen wir es so: Ich werde ihm ausdrücklich zu verstehen geben, dass er Dich in Ruhe
lassen soll." „Du kannst ihm richtig wehtun, dem Schwein!"
Wir schrieben Ahmed im Namen von Jasmin, dass das mit den
3.000 Euro klar gehe, dafür er aber die Fotos lösche bei Geldübergabe.

Ahmed schluckte den Braten und buchte einen Billig-
flieger auf seine Kosten. Ankunft Freitagabend, Rückflug am
Samstagmorgen. Ich rief meinen Kumpel Jack an, ein Tier. Jack
war schon mit Mitte 20 Rausschmeißer in einer düsteren Ecke
Münchens, 2 m groß, stark wie ein wilder Bär. Er hatte viel
Scheiße durchmachen müssen in seinem Leben und sah furcht-
einflößend aus. Ich trainierte im Fitnessstudio mit ihm. Ich
wusste, der kennt keine Gnade und zieht mit.

Ich erzählte Jack die Story von Jasmin und Ahmed und
meinen Plan. „Der Penner kommt Freitag 22:40 Uhr am Flughafen München an. Ich hole ihn in Hallbergmoos ab und fahre ihn
raus in den Wald. Dort wartest Du. Zu zweit werden wir dem
Scheißer eine Abreibung verpassen. Keine Gnade. Sein Rückflug ist Samstagfrüh, wir lassen ihn im Wald zurück. Sein Problem, was aus ihm wird. Er soll für diese Scheiße büßen."

„Ich bin dabei", strahlte Jack, der sich gerne schlägerte,
aber noch nie einen Fight verloren hatte. Als Jasmin schrieb ich
Ahmed, dass er vom Flughafen aus mit Bus nach Hallbergmoos
fahren solle, dort würde ich ihn abholen. Es war 23:30 Uhr, als
er dort ankam. Als der Bus weg war und kein einziger Mensch
mehr in Reichweite, schaltete ich die Leuchte meines Leihautos
an, sodass mich Ahmed sah und herkam.

Ich begrüßte ihn und meinte, ich regle das mit der Geldübergabe für Jasmin. Er war einverstanden. Ich fuhr paar Kilometer bis zu besagtem Waldstück, wo Jack im Dunkeln wartete. Ich meinte, ich müsse kurz pinkeln, stieg aus und verschwand hinter einem Baum. Gemeinsam mit Jack kam ich wieder. Als Ahmed uns sah, wusste er, dass seine Zeit gekommen war. Panisch versuchte er zu fliehen, aber beide Türen waren von uns blockiert. Jack zerrte ihn aus dem Auto und schüttelte ihn durch.

Ahmed versuchte sich mit einem Tritt in Jacks Eier zu befreien, doch Jack zuckte nur und schlug zu. Ahmed ging sofort zu Boden. Schwer angeschlagen stöhnte er vor sich hin und versuchte sich zu berappeln. Jack trat zu, voll in die Rippen, die ich krachen hörte. Armer Ahmed, aber diese Strafe hatte er sich verdient. Ich wollte nicht eingreifen. Jack machte gnadenlos weiter und schlug ihm einen Zahn aus. Können auch 2 gewesen sein, in der Dunkelheit sah ich das so schlecht.

Blut sah ich, aus Ahmeds Mund und von seiner Stirn kommend. Der Schlacks hatte nicht den Hauch einer Chance gegen Jack. Derweil schnappte ich mir Ahmeds Handy und suchte die Nacktfotos von Jasmin. Bevor ich sie löschte, schickte ich sie mir und löschte den Verlauf. Auch raus aus dem Papierkorb. Jack machte weiter. Lebte Ahmed überhaupt noch? Ich ging dazwischen, zog Ahmed hoch und starrte in sein malträtiertes Gesicht. „Hör zu, Penner", drohte ich, „Du lässt Jasmin in Ruhe, sonst endet es noch viel übler für Dich. Du bist eine ganz miese Bazille."

Tritt von Jack. „Du steigst morgen in den Flieger und kommst nie wieder her. Gnade Dir Gott, wenn Du Jasmin noch einmal anschreibst, anrufst oder Dich in irgendeiner Form bei ihr meldest und sie unter Druck setzt, dann wird Jack Dich finden." Tritt Jack. „Und dann wird er Dich richtig fertigmachen." Tritt Jack. „Dann jagen wir Dich bis ans Ende der Wüste und werfen Dich dem größten Krokodil zum Fraß vor.

Und wage es nicht, zur Polizei zu gehen, das würde für Dich nach hinten losgehen. Wir haben uns ein Alibi für jetzt besorgt. Wir sind nämlich bei Jasmin, versteht Du? Die wird das bezeugen. Außerdem haben wir Deine Erpresser-Mail. Mal sehen, was die Polizei dazu sagt, hä?

Dann würdest Du bei uns in den Knast kommen. Du möchtest gar nicht wissen, was deutsche Gefangene mit Dir alles anstellen. Dagegen ist das, was Jack Dir gezeigt hat, harmlos." Tritt Jack. Ich zog den halb bewusstlosen Ahmed erneut hoch: „Hast Du noch irgendwo Foto- oder Videomaterial von Jasmin? Sag, sonst prügelt Jack das aus Dir heraus." „Ja", wimmerte Ahmed „ich habe noch 2 Videos von ihr und noch paar Fotos mehr."

„Wo? Her damit!" Ich durchsuchte erneut Ahmeds Handy, aber fand nichts. Tritt Jack. „Sind verschlüsselt", stöhnte Ahmed. „Entschlüssle!", befahl ich und drückte ihm sein Tastenteil in die Hände. Ahmed bemühte sich. „Hier", überreichte er mir sein Handy. Ich mailte die Inhalte des Ordners an mich. Dann löschte ich von seinem Gerät alle Jasmin-Dateien, den Post-Ausgang an mich sowie den Papierkorb. Somit hatte Ahmed nichts mehr in der Hand gegen meine Jasmin.

Ich schmiss Ahmed sein nun nutzloses Handy vor die Füße, doch auch Jacks Füße waren in Reichweite. Crunch, machte es, und Ahmeds Handy war Schrott. Ein letzter Tritt von Jack in Ahmeds Fresse, dann war unsere Arbeit getan und wir fuhren von Dannen. Was aus Ahmed geworden ist ... ich weiß es nicht. Ich habe nie wieder etwas von ihm gehört. Ich dankte Jack für seine Mitarbeit, dem es ein Vergnügen war.

Zu Hause fiel mir Jasmin um den Hals und wollte wissen, was passiert war. „Keine Sorge", beruhigte ich sie, „alles gut. Ahmed hat seine Lektion erhalten und wird Dich nie wieder belästigen. Er ist in keinem Besitz mehr von bloßstellenden Fotos oder Videos von Dir." „Videos?", fragte Jasmin. „Ja, er hatte auch 2 Videos und noch andere Fotos von Dir. Ich habe sie aber auf seinem Gerät nicht gefunden. Die waren verschlüsselt. Schließlich hat er entschlüsselt und ich habe alle gelöscht.

Somit bist Du eine freie Frau. Ahmed hat nichts mehr gegen Dich in der Hand." „Danke, mein Held!", fiel Jasmin mir noch enger um den Hals. „Wie kann ich das je wieder gutmachen?" „Komm, wir löschen jetzt die Fotos von Dir, die er Dir geschickt hat, dann feiern wir", schlug ich vor. Die Jasmin war überglücklich und kuschelte sich eng in meinen Arm. Auch die nächsten 2 Stunden, die wir einen Film anschauten, dann einschliefen.

Am nächsten Abend zog ich mich in mein Zimmer zurück und sperrte ab. Unbedingt musste ich mir alle Fotos und Videos anschauen, die Ahmed von Jasmin gemacht hatte. Ich öffnete den Ordner und zählte 63 Pics. Wow! Die Bilder 1-7 kannte ich, aber was dann kam, war nur geil: Jasmin mit Ahmeds Dong im Mund. Sie blies ihm einen. Er fotografierte aus verschiedenen Winkeln und Positionen, Jasmins Gesicht war immer deutlich zu erkennen. Plötzlich war auch Sperma zu sehen, das aus seinem Dick herauskam und Jasmins Hand besudelte.

Auch in Jasmins Gesicht war Sperma erkennbar. Ich holte mir gut einen runter beim Sichten der Bilder. Dann folgten weitere Fotos, die Jasmin beim Reiten zeigten. Mal vorwärts, mal rückwärts. Auch Pics, wie Ahmed Doggy in ihr drin war und auf ihren Arsch wichste. Shit! Die besten Fotos waren die, wie sie ihm kniend einen runterholte und er in ihr Gesicht kam. Sündig. Dann noch paar Nacktbilder, Jasmin modelte für ihn.

Ich kam brutal in die Küchenrolle und hechelte so leise ich konnte. Nach einem erneuten freundschaftlichen Kuschelabend mit Jasmin vor der Glotze waren vor dem Einschlafen ihre Videos dran. Aber ich schaffte nur Video 1. Es war manuell gefilmt und hielt aus der stehenden Point-of-View-Perspektive Ahmeds einen 14-minütigen Blowjob der süßen Jasmin an ihm fest. Alles war zu sehen: Wie sie seine ägyptische, halb durchlöcherte Unterhose herunterzog und sein Glied steif wichste.

Wie sie seinen Schwanz in den Mund nahm und so süß blies. Mit der einen Hand hielt sie ihn fest, mit der anderen fingerte sie sich. Man hörte Ahmeds Stöhnen und seine Kommentare wie „Yeah, baby, do it, baby, oh yeah, baby, yeah". Immer zügiger wurde Jasmins Mund- und Handarbeit, bis Ahmed wackelig wurde.

„Right in your face", brummte er und zuckte. Jasmin hatte seinen Penis im Griff und wichste ihn in ihr Gesicht aus. Ahmeds Sperma wurde herausgejagt und verzierte Jasmins Lippen, Backen, Stirn, Nase, Augen. Überall ein bisschen etwas. Jasmin streichelte Ahmeds beschnittenen Deppen aus und grinste ihn an. Auch ich wurde langsamer, denn ich war längst gekommen. Am nächsten Morgen wurde ich früh wach: Hallo, Morgenlatte! Zeit für Video 2! Diesmal war Ficken der Inhalt.

Ahmeds dunkler Dong nagelte Jasmins wunderschöne Pussy zuerst auf ihr liegend, dann hinter ihr liegend, dann unter ihr sitzend und schließlich als Hundeflüsterer. Die Kamera war abgestellt und zeigte alles. Ahmeds hässliche Visage missfiel mir, dafür gefiel mir Jasmins zauberhaftes Engelgesicht umso mehr. Leidenschaftlich ließ sie sich von ihrem Ex bumsen, ohne Kondom. Dann schoss Ahmed ab. Wie konnte der Kerl nur 20 Minuten lang durchhalten?

Ich wäre bei Jasmin schon nach 5 Minuten explodiert. Ahmed wichste seine Papyrus-Ladung auf Jasmins Traumhintern. Ende. Ende auch bei mir. Das Zewa-Tuch war feucht ohne Ende. Was für eine heiße Mitbewohnerin ich habe! Aber unsere Beziehung war schon zu freundschaftlich geworden. Schon damals war mir klar, dass Liebe und Sex auf der einen und Freundschaft und Geschwisterlichkeit auf der anderen Seite unterschiedliche Paar Schuhe sind.

Nicht zu vermischen. Ich hatte ja meine zahlreichen Abenteuer mit kessen Bienen. Trotzdem masturbierte ich oft zu Jasmins Videos und Fotos. Die Zeit verging. Jasmin und ich waren Bruder und Schwester geworden. Mittlerweile hatte sie wieder 2 kurze Beziehungen gehabt, die aber schnell vorbei waren. Ihre Partnerwahl war stets keine gute. Komische Typen waren es. Auch ihre kurzen Affären. Junge, was die anschleppte! Jedes Mal griff sie voll daneben. Ich warnte sie vor diesen Kerlen und hatte immer Recht.

Jasmin hatte einfach kein gutes Händchen für Männer. Sex gab sie diesen nicht, sie war ja der Einstellung „zuerst Liebe, dann Sex", aber diese Typen wollten Sex von ihr, also war es schnell wieder aus jedes Mal. Jasmin hatte ihre Ausbildung abgeschlossen und einen Job bekommen, allerdings in Mannheim. Umzug also. Auszug also. Wie schade!

Wir waren sehr traurig. Sie mochte mich genauso sehr wie ich sie. Unser letzter Abend: Jasmin hatte zur Abschiedsparty geladen. Viele waren gekommen, Freude und Freudinnen, die sie zurücklassen musste. Als um 2 Uhr morgens alle raus waren, lag etwas Knisterndes in der Luft. Jasmin, die sexy gekleidet war, kam zu mir aufs Sofa und ließ sich in meinen starken Arm fallen.

„Ich werde Dich sehr vermissen", seufzte sie und küsste mich einfach so auf den Mund. „Ich Dich auch", seufzte ich mit. „Bitte sei etwas umsichtiger mit Deiner Männerwahl, Jasmin, ich mache mir große Sorgen." „Ich weiß", nickte sie. „Wenn doch mehr Männer so wären wie Du." Dann richtete sie sich auf: „Ich weiß nicht, ob das jetzt klug ist oder töricht, aber ich traue mich jetzt einfach, Dir etwas zu sagen:

Da heute unser letzter gemeinsamer Abend ist, soll dieser etwas ganz Besonderes werden. Ich weiß nicht, ob das unsere Freundschaft kaputt macht oder unsere Bindung noch weiter stärkt, aber ich habe die letzten Tage immer wieder mit dem Gedanken gespielt, heute Sex mit Dir zu haben. Ehrlich gesagt kam mir dieser Gedanke immer wieder. Seit ich Dich kenne. Das war immer tabu zwischen uns, wir vertrauen uns wie Bruder und Schwester, und doch ist da mehr.

Ich hoffe, Du reagierst nicht wütend oder geschockt, aber so denke und fühle ich. Ich fände es geil, habe aber gleichzeitig Angst, dass danach nichts mehr so ist wie jetzt. Was meinst Du?" Sie sah mich mit ihren braunen Haselnuss-Augen groß an. „Erstmal Danke für Dein Vertrauen und den Mut, dass Du das so gesagt hast. Finde ich klasse. Süße, diese enge Bindung, die wir haben, kann durch nichts und niemanden zerstört werden. Wir werden immer Bruder und Schwester sein, uns vertrauen und unterstützen, füreinander da sein. Und gleichzeitig, und das sage ich Dir auch ehrlich, spüre auch ich diesen Drang auf mehr mit Dir.

Du bist eine superhübsche Frau, sexy, unwiderstehlich anziehend. Du gefällst mir sehr. Ich habe all die Zeit, die wir zusammenwohnen, mir auch immer wieder vorgestellt, wie das wäre. Aus Respekt und weil es einfach so war, wie es war, habe ich diese Gedanken aber immer beiseitegeschoben. Nun, an unserem letzten Abend, könnten wir es echt tun.

Ich wäre damit einverstanden. Und ich verspreche Dir: Meinerseits ändert das nichts im Umgang mit Dir. Im Gegenteil: Ich denke, durch das Vertrauen, das wir füreinander haben, kann das eine wunderschöne, bereichernde Erfahrung für uns werden und uns noch enger zusammenschweißen. Lass uns Liebe machen, Jasmin, nur dieses eine Mal.

Diese eine Nacht, und damit unsere Treue für immer beschwören." Ja, schon damals war ich ein exquisiter Rhetoriker. Ein Zungenakrobat, nicht nur im Bett. Jasmin strahlte und küsste mich zärtlich. Ich erwiderte diesen Kuss. „Okay, dann soll es so sein, ich freue mich", lächelte sie und zog mich hoch, zu sich in ihr Bett. „Lass es uns wunderschön gestalten", hauchte sie mir zu. „Ich möchte aber noch duschen." „Okay, dann komme ich mit."

Gemeinsam zogen wir uns aus und starteten die Brause. Timm war wie immer nicht da, wir waren ungestört. Als wir uns unter der Dusche nackt gegenüberstanden, musste ich sie küssen. Zärtlich, zum ersten Mal mit Zunge. Gleichzeitig umarmte ich ihren Traumkörper und drückte Jasmin fest an mich. Es fühlte sich so vertraut, so eng, so eins, so richtig an. Dann seifte ich sie ein: ihre geilen Titten, ihre Arme, ihren Rücken, ihren Po, ihre Beine, endlich ihre Muschi.

Ihr schwarzer Schamhaarstrich war bestimmt und fest, lang und dicht. Stand Jasmin verdammt gut. Als ich über ihre Mumu fuhr, atmete sie laut auf und begann zu zittern. Währenddessen wurde mein Penis steif. Erst recht, als Jasmin mich mit der Duschlotion einseifte: meine Brust, meinen Bauch, Arme, Rücken, meinen Po, Beine, endlich meinen Dong. So oft hatte ich davon geträumt, nun endlich wurde der Traum Wirklichkeit.

Jasmins rechte Hand streichelte mein drittes Bein so süß, dass ich fast durchdrehte. Wie eine Prinzessin trug ich sie in ihr Zimmer und legte sie aufs Bett. Dann kroch ich zu ihr. „Sag mir, was Du magst, und was nicht – nicht, dass irgendetwas passiert, was nicht so gut kommt." Sie: „Ich mag alles. Küssen, streicheln. Beidseitig oral. Miteinander schlafen. Am liebsten Missionarsstellung. Reiten. Ich schlucke auch." Super!

Ich legte mich auf sie und küsste sie. Ihr Schamhaarstrich rubbelte an meinem Penis, was mich nicht störte. Jasmin küsste ausgezeichnet. Ich küsste sie tiefer, den Hals entlang, bis ihr ihre Brüste im Mund hatte. Tiefer ihren Bauch hinab, bis ich die ersten Haare spürte. Diese weiter, bis ich ihre wunderschön geformten Schamlippen spürte. Weiter, bis ich die kleine Jasmin spürte. Ihre Clit pulsierte wahnsinnig. Ebenso pulsierte Jasmin, die immer lauter stöhnte, als ich sie oral befriedigte.

Ich leckte Jasmin zärtlich und gleichzeitig intensiv, bis sie nach 6 Minuten kam. Ihr Orgasmus fiel hemmungslos aus. Er muss klasse gewesen sein. Ich ließ mich nicht beirren und leckte weiter. Diesmal nahm ich meine Hand mit und fingerfickte ihre Röhre dabei. Mit meiner linken Hand schob ich ihren Venushügel ein wenig nach oben, um ihre Klitoris komplett freizulegen. 2 Minuten später folgte Jasmins zweiter Orgasmus. Danach brauchte sie eine Pause.

„Wunderschön", stöhnte sie. „Dito", küsste ich sie. Nun drehte sie den Spieß um: Jasmin küsste mich auf den Mund, dann tiefer: Hals, Brust, Bauch, Schwanz. Dann nahm sie ihn in den Mund und begann zu blasen. Mein Gott: Diese Frau konnte blasen! In meiner ewigen Bestenliste zählt sie zu den Top 5 Bläserinnen aller Zeiten. Eine einzigartige Mischung aus Mund- und Handarbeit bescherte mir nach 4 Minuten einen mächtigen Cumshot. Jasmin hielt ihr Wort und schluckte alles.

Göttlich blies sie zu Ende und streichelte meinen Penis so lange, bis ich sie zu mir in den Arm zog. Wortlos genossen wir unsere erste und letzte gemeinsame Nacht. Aber wir wollten mehr Sex, mehr Einheit, mehr Befriedigung. Schon begann ich sie wieder zu lecken. Dasselbe Spiel: Zuerst mit Zunge zu O1, dann mit Zunge und Händen zu O2. Dann blies sie mich wieder, aber diesmal nur 2 Minuten, dann zog sie mir ein Kondom über und öffnete ihre Beine. Als Missionars-Heilsbringer drang ich in Jasmin ein und verschmolz mit ihr.

Unser Sex war einzigartig erfüllend. So viel Nähe und Vertrauen lag in der Luft. Ich fickte Jasmin, bis sie mir ihren Arsch entgegenhielt: Doggy. Ich steckte ihn ihr tief rein und rammelte ihren Po rot. Dann Reiten. Mit Blickkontakt nahm sie Platz und begann das Gaul-und-Reiterin-Spiel. Ich starrte in ihr engelhaftes Gesicht und auf ihren Schamhaar-Irokesen, wie er in Bewegung länger wurde. Ja, so wollte ich kommen.

Ich schoss meine zweite Ladung ins Präservativ. Arm in Arm schliefen wir ein. Am nächsten Mittag verließ mich Jasmin. Wir nutzten den Vormittag für eine letzte Runde Sex. „Süße, ich habe eine pikante Frage. Ich würde so gerne unseren letzten Sex aufnehmen, als Erinnerung für uns beide an dieses Highlight.

Ich werde Dich schrecklich vermissen, diese Aufnahme würde mir unwahrscheinlich viel bedeuten. Der Sex, den wir gestern hatten, war unbeschreiblich, diese Erinnerung würde uns eine wunderschöne sein. Was sagst Du?" „Ich weiß, dass ich Dir vertrauen kann. Ja, diese Idee ist eine gute. So halten wir für uns diesen Moment fest, bis in alle Zeiten." Kuss. Ich holte meine Video-Cam und platzierte sie optimal aufs Bett gerichtet.

Überaus sinnlich ging es wieder los. Wir küssten uns und ich bescherte Jasmin 2 orale Orgasmen. Dann blies sie mir einen. Ich lag auf meinem Rücken und entspannte, während sie zwischen meinen Beinen erstklassige Arbeit leistete. Ich kam so heftig. Alles in ihren Mund. Geil! Pause. Runde 2. Diesmal miteinander schlafen. Wir starteten Löffelchen, dann Doggy, dann ich Missionar, dann sie Reiterin.

Als ich ihr meinen Orgasmus andeutete, stoppte sie und zog mich hoch. Ohne Gummi wollte sie es beenden. Jasmin kniete sich vor mich stehenden Womanizer und blies-wichste mich über die Grenze. Für den Shot wurde aus der ruhenden Kamera eine bewegliche. Ich filmte von oben. Geil sah es aus, wie Jasmin meinen Penis blies, bis er kam. Schon war er aus ihrem Mund und sie masturbierte ihn leer. Meine Spritzer verteilten sich in ihrem Gesicht und auf ihrer Brust, liefen runter bis in ihr Gebüsch.

Unten Tränen verabschiedeten wir uns. In Mannheim wurde sie endlich glücklich und fand Christof, einen Zahnarzt, mit dem sie mittlerweile verheiratet ist und 2 Kinder hat. Bis heute habe ich engen Kontakt zu ihr. Und bis heute schaue ich mir immer wieder unser Sex-Video an. Von Ahmed haben wir nie wieder etwas gehört. Das die ausführliche Geschichte. Antonia erzählte ich natürlich nur die Hälfte, und die in Kurzform.

Meine Liebelei mit Jasmin stand dabei nicht im Fokus, sondern die Lektion, die wir Ahmed erteilt hatten. Antonia schaute mich mit großen Augen an: „Hm, also ehrlich gesagt, wäre mit Option 3 am liebsten. Du musst es ja nicht mit roher Gewalt machen, aber Osama muss klar werden, dass es aus ist mit uns und er mich in Ruhe lassen soll. Ich will die Scheidung und Trennung von ihm. Vielleicht versuchst Du es mit einem netten Gespräch zuerst."

„Okay, ich versuche es gerne höflich, aber wenn das nicht hilft, muss ich deutlicher werden, Du verstehst?" „Ja, ich verstehe." „Wäre das in Ordnung für Dich, dass ich im Zweifelsfall deutlicher werden muss?" „Ja, Hauptsache, Osama lässt mich in Ruhe und haut ab." „Okay, dann helfe ich Dir." Antonia sprang mir in den Arm und drückte mich fest. Ich konnte ihre Titten in mir spüren. „Danke, mein Held", knutschte sie mich. Ich ließ es geschehen und wollte mir den entscheidenden Moment für später aufheben.

Antonia hatte mir Osamas Mobilnummer gegeben, also rief ich ihn am nächsten Vormittag an. „Ja?", ging der Tunesier an den Hörer. „Spreche ich mit Osama?", fragte ich. „Was willst Du?", schoss er unhöflich zurück. „Pass auf", legte ich los, „ich habe mitbekommen, dass Du Deine Ehefrau ziemlich schlecht behandelst. Ich möchte Dich höflich darum bitten ...". Da unterbrach er mich wüst: „Halt´s Maul, Arschloch! Was willst Du? Du hast mir gar nichts zu sagen. Die Schlampe gehört mir!"

„So nicht", konterte ich, „ich bitte Dich höflich, Antonia ...". „Fresse, Du Schweinewichser", beschimpfte er mich. „Ich finde Dich. Dich finde ich, Du Warzendreck! Du Schwanzlutscher! Du Hurenbaby! Ich kille Dich und Deine Familie!" Ich legte auf. Der Mitschnitt war Beweis genug, was für ein Riesenarschloch Osama war und welch fatale Bindungsentscheidung Antonia getroffen hatte.

Später rief ich Antonia zu mir ins Zimmer und schloss die Tür. Ich spielte ihr kommentarlos die Aufnahme vor. Antonia zuckte heftig zusammen bei Osamas Ausrastern und begann laut zu heulen. In genau diesem Moment platzte meine Ehefrau Andrea herein. „Was ist denn hier los?", fragte sie schockiert. Ich stellte die Damen einander vor und erklärte Andrea flüsternd, dass das besagte Antonia sei.

Dann spielte ich meiner besseren Hälfte kommentarlos das Band vor. Antonia begann schon wieder zu weilen, während Andrea kreideblass wurde. „Also, so etwas habe ich ja noch nie gehört. So ein unglaubliches Arschloch! Ist das Dein Freund, oder was?" „Mein Mann", gestand Antonia und erzählte meiner Gattin die Kurzform ihres Dramas. „Da muss ich helfen", mischte ich mich ein.

„Antonia ist eine tolle Grafikerin und ein guter Mensch, sie arbeitet 2 Wochen für uns an einem Projekt, da habe ich davon erfahren. Das kann ich nicht durchgehen lassen." Die Andrea stimmte mit ein: „Der Kerl gehört auf jeden Fall bestraft. Spiel das der Polizei vor." „Nein, keine Polizei", rief Antonia. „Keine Polizei", bestätigte ich. „Ich kümmere mich darum." Andrea schaute mich fragend an: „Und wie?"

„Das weiß ich noch nicht. Ich habe es heute per Telefon probiert, das Ergebnis hast Du gehört. Ich werde meinen Kumpel Jack mal bitten, ein ernstes Wörtchen mit Osama zu reden. Der kennt sich mit solchen Pennern aus und weiß, wie man mit denen umgehen muss. Der findet den richtigen Ton." Beide Frauen nickten. Andrea hatte mir ein leckeres Sandwich vorbeigebracht und düste weiter, die Kinder aus der Schule abholen.

„Das ist also Deine Frau. Eine Hübsche." „Ja, ich bin ein glücklicher Mann", nickte ich. Ich versprach Antonia, mich um ihr Problem zu kümmern. Am Abend rief ich Jack an: „Hey Jack, alter Schläger, wie geht´s? Es ist mal wieder soweit. Ich brauche Deine Fäuste. Da gibt es einen Tunesier, der meine Grafikerin in eine Scheinehe gezwungen hat, damit er nach Deutschland kommen kann. Jetzt behandelt er sie wie Scheiße und sie will ihn nur noch loswerden.

Aber sie hat Angst vor ihm, da er sie bedroht. Mich hat er auch bedroht. Ich schicke Dir was rüber. Hör Dir das an, dann reden wir weiter." Jack checkte seine Mails und fand meine. Dann hörte ich durch den Hörer das Hörspiel. Jack hörte es sich kommentarlos an. So wie wir alle. Dann brummte er: „Dem Typ schlage ich alle Zähne einzeln aus." Jack war mittlerweile Leiter einer eigenen Security-Firma, er hatte was aus sich gemacht.

Der brutale Schläger von der Straße war ein Geschäftsmann geworden. Aber das Schlägern hatte er nicht verlernt. Immer wieder geriet er in Prügeleien nachts in München, sowohl beruflich wie privat, er schien Spaß daran zu haben, anderen die Fresse zu polieren. Und er gewann immer. Ja, Jack hätte Boxer oder Käfigkämpfer werden sollen, denn Gnade kannte er nicht. Ich nannte ihm Name und Adresse des Delinquenten, und Jack meinte: „Lass mich machen."

„Soll ich mitkommen?", fragte ich, an Anlehnung an die guten alten Tage. Schließlich war Ahmed nicht der Einzige gewesen, der eine Abreibung bekommen hatte. Insgesamt waren Jack und ich fünfmal auf Bestrafungstour unterwegs gewesen, wobei immer Jack die Arbeit erledigte. Ich machte mir nie meine Finger schmutzig. Außerdem bin ich kein Schläger, sondern ein Womanizer. „Nö, ich regle das allein, ich werde Dir Bericht erstatten." „Viel Erfolg und viel Spaß", schickte ich ihn auf den Weg.

„Danke", brummte der Riese. „Alles erlaubt?" „Ja, alles erlaubt", bestätigte ich. „Gut, prima. Haha! 3 Tage später erschien Antonia mit hochrotem Kopf auf Arbeit und stürmte in mein Zimmer. Tür zu. „Der Osama ist weg! Wie hast Du das geschafft? Ich fand einen handgeschriebenen Brief von ihm, in dem er sich für alles entschuldigt, seine Fehler einräumt und bereit ist, die Ehe zu annullieren und zu verschwinden.

Er ist auch nicht mehr bei mir zu Hause. Keine Ahnung, wo er steckt, aber ich bin Dir so unendlich dankbar." Antonia umarmte mich fest und küsste mich sehr nah am Mund auf die Wange. Ich hielt gerne hin. „Mein Kumpel Jack wollte mit Osama eine Unterhaltung führen, das hat er dann wohl getan." Antonia war superglücklich und startete engagiert mit der Arbeit. Was hatte Jack wohl mit Osama angestellt, ging mir durch den Kopf.

Eine Stunde später bemerkte ich, dass mein Smartphone noch aus war. Ich schaltete es an und entdeckte einige Nachrichten. Auch eine von Jack. Ich wurde nervös und klickte sie an: „Problem erledigt, Täter geständig, Täter bestraft." Im Anhang ein verschlüsseltes Video. Ich schrieb Jack um das Passwort an. Das schickte er mir kurz darauf, dazu: „Viel Freude beim Schauen." Ich öffnete das Video. Ein Kellerraum, sichtbar schallisoliert.

Ein maskierter Mann gefesselt auf einem Stuhl. Dann kam ein großer maskierter Mann ins Bild. Es war Jack, das erkannte ich sofort. Er riss Osama die Maske vom Kopf. Der bespuckte ihn und brüllte ihn an. Fehler! Ein gezielter Faustschlag von Jack saß. Voll in die Schnauze. Osama hechelte, suchte neue Kraft und versuchte sich zu befreien, doch die Fesseln waren zu stark gebunden.

Weitere Beschimpfungen, diesmal auf Tunesisch, gemischt mit deutschen Fäkalworten, folgten. Jack stopfte dem Osama einen Tuchknoten in den Mund, genauso wie in Folterfilmen. Dann spielte er die Aufnahme ab, als Osama mich am Telefon so beschimpft hatte. „Pass auf, mein Freund", startete Jack seine Tat. „Niemand beschimpft meinen Kumpel. Hast Du verstanden?" Faustschlag in Osamas Magen. Der winselte. „Und niemand belästigt Freundinnen oder Freunde von meinem Kumpel." Offene Rückhand-Ohrfeige im Bud Spencer-Stil.

Eine geile Show, die Jack abzog, absolut filmreif. „Ich habe den Auftrag, Dir klarzumachen, dass Du Antonia in Ruhe lassen sollst. Verschwinde aus ihrem Leben. Sofort. Keinen Tag länger wirst Du Antonia beschimpfen, nerven, ihr drohen oder wehtun. Damit ist Schluss. Sonst wirst Du ungeheure Qualen ertragen müssen. Ich zeige Dir mal, was dann alles passieren kann." Jack öffnete einen Koffer.

Darin hatte er tatsächlich einiges an Folterwerkzeug. Krass. Jack zog Osama den rechten Socken aus, der schrie und versuchte sich zu befreien, doch er hatte keine Chance. Jack war Profi. Mit einem gezielten Hammerschlag zertrümmerte er ihm den großen tunesischen Zehen. Es tat schon beim Zuschauen weh. Ich drehte den Ton leiser, da Osamas Gejaule schlimmer war als das von 7 sterbenden Katzen. „Hast Du kapiert? Du lässt Antonia in Ruhe."

Jack machte weiter mit einem Schraubenzieher, den er mit Wucht in Osamas Kleinzehe stach. Dort stecke dieser gut fest. Junge, welch Brutalität! Jack ist ein verdammtes Monster. Gut, so einen als Freund und nicht als Feind zu haben. Nun durfte die Kneifzange ran. Zehennägel herausreißen ist seit jeher eine beliebte und genauso brutale Foltermethode weltweit.

Jack beherrscht sie. Soviel ich sehen konnte, mussten 3 Zehennägel dran glauben. Osama winselte sich die Hosen voll. Was kam nun? Eine Bowlingkugel. Jack hatte sie plötzlich in der Hand und hielt sie hoch. „Kapiert? Du lässt Antonia in Ruhe und verschwindest. Hau ab!" Aus 2 m Höhe ließ er die 15 Pfund schwere Kugel fallen, genau auf Osamas ohnehin schon lädierten Fuß. Der Aufprall knallte schockierend. Ich hörte Knochen brechen. Osama schwitzte Blut.

Eine Hölle war das, schlimmer als jeder Horrorfilm. Doch gerecht. Nun wurde es intim. Jack näherte sich mit einem Messer der Hose Osamas. Der schrie um sein Leben. Cool Jack schlitze Oasmas Hose auf, dann seine Unterhose. Zum Vorschein kam Osamas Pimmel. Jack schnappte sich die Kamera und platzierte sie näher ran: „Sonst sieht man nichts", kommentierte er spaßig. „Den schneide ich Dir jetzt ab", drohte er Osama lachend. Osama starb vor Angst. Jack gab ihm die Möglichkeit zu sprechen.

„Nein, bitte nicht. Lass bitte meinen Schwanz in Ruhe. Ich tue alles, was Du verlangst", zitterte er in seinem schlechten Deutsch. „Du weißt, was verlangt wird", konterte Jack. „Ist gut, ich lasse Antonia in Ruhe. Ich haue ab. Ihr habt gewonnen." „Gut, dann quittiere mir das." So entstand der handschriftliche Brief von Osama. Aber Jack wollte noch einen draufsetzen. Statt dem Messer hatte er plötzlich einen Becher in der Hand.

Den Inhalt kippte er über Osamas Gemächt. Der schrie wie am Spieß. Schnell wieder Knebel rein. Ich erfuhr später, dass es hochprozentige Säure war, die alles verätzt. Puh. Armer Osama, nun ist wohl Schluss mit Vögeleien. Kaputtes Glied, kaputter Fuß, polierte Fresse, zerstörtes Ego – das ist das Ergebnis von Jacks 15-minütiger Arbeit. Wenn jeder so effektiv arbeiten würde! Dann endete das Video. Was aus Osama geworden ist, weiß ich bis heute nicht. Selbst 7 Jahre später, als mich Antonia über Facebook wiedergefunden und kontaktiert hatte, gab es keine News zu ihrem Ex. Alles hatte sich geklärt.

Die Ehe war über ihren Anwalt geschieden worden, sie hatte nie wieder etwas von ihrem Stecher gehört. Wieder zurück. Ich rief Jack an und dankte ihm für seine Arbeit. „Habe ich gerne gemacht, jederzeit wieder." Ja, auf Jack ist immer Verlass. Am späten Nachmittag, die meisten waren schon im Feierabend, präsentierte mir Antonia die Arbeit des Tages.

Sie war super. Ich lobte sie. „Ich danke Dir von Herzen, dass Du mir geholfen hast. Wie kann ich das je wieder gut machen?" „Naja, wenn Du jetzt nicht wüsstest, dass ich eine Frau habe, dann würde ich …" „Was würdest Du?", unterbrach mich Antonia mit reizvollem Augenaufschlag. „Dann würde ich auf ein gemeinsames Abendessen bestehen." „Ich dachte, Du meintest etwas anderes." „Was denn?" „Was schon!" „Du meinst?"

„Ja, warum denn nicht?" „Du weißt, dass ich verheiratet bin."
„Na und, das bin ich auch, also was soll's." Solche Frauen wie
Antonia sind ein Genuss. Unkompliziert, was Sex angeht. Das
ist es, was Männer wollen. Da ich am Abend pünktlich zu Hause sein musste, hatte ich meinen Kids versprochen, musste der
Dankeschön-Sex einen Tag warten. Wir vereinbarten den nächsten Nachmittag dafür. Antonia kam pervers sexy ins Office.

Sie wusste genau, was später passieren würde. Ich war
heiß auf sie. Endlich 15:30 Uhr. Wir verschwanden getrennt und
trafen uns bei ihrer Wohnung im Osten Münchens. 3 Zimmer
waren es. Ein bisschen schlampig, aber das lag an Osama, des-
sen Chaos noch nicht beseitigt war. Antonia schlug eine Dusche
vor dem Sex vor. Damit war ich einverstanden. Als sie sich ent-
blätterte, stieg meine Temperatur. So ein geiles Geschoss!

Die Hupen hatte sie sich machen lassen, sie sahen gut
aus. Ihre Linie war schlank und aufregend. Ihr Po sexy. Ihre
Muschi eine blanke Polonäse. Rot lackierte Finger- und Zehennägel. Unter der Dusche die ersten Küsse. Leidenschaftlich und
nass. Mein Steifer drückte in ihren Bauch. Antonia drückte zurück. Gegenseitig einseifen. Ihre Hand an meinem Schwanz.
Abduschen. Ab ins Bett! Dort stellte sich leider heraus, dass
Antonia zwar ein scharfes Gerät war, aber Männer nicht so gut
befriedigen konnte.

Sie war eher der Typ Frau „Beine auf, um durchgenu-
delt zu werden". Antonia hatte weder große Lust auf Hand- oder
Blowjobs noch die Gunst der Kunst, beide Techniken gut umzu-
setzen. Ihre Versuche enttäuschten mich. Also ließ ich sie liegen
und fickte sie durch. Genauso brauchte sie es. Sie spreizte ihre
Beine so weit, dass es fast ein Spagat war. Ich stieß mit Gummi
zu und nagelte meine Spannungen ab. Einstecken konnte das
Luder, und wie! Was sie allerdings nicht konnte, war, einen Orgasmus zu bekommen.

Sie genoss den Fick, doch kam einfach nicht. Selbst
meine Zungenspiele danach halfen nichts. Antonia erklärte mir,
dass sie massive Orgasmusschwierigkeiten habe und weder allein noch mit Partner den Höhepunkt erreichen könne. Selbst
schuld, dachte ich nach langen und aufwändigen Bemühungen
meinerseits. Aber ich will kommen!

Ich stieß noch ein paar Mal zu, dann wichste ich ihren gepiercten und tätowierten Bauch voll. Dem Bild ihrer hübschen Zwillingsschwester ins Gesicht. Wenn die das wüsste! Erschöpft sank ich nieder und ruhte mich aus. Bei meiner Männlichkeit gepackt, konnte ich es nicht akzeptieren, dass Antonia keinen Orgasmus kriegen konnte. Ich versuchte nochmal mein bestes Lecken, doch es half nichts. Erst als ich Katjas legendäre Twistertechnik einsetzte, tat sich Erstaunliches:

Toni kam endlich! Es war, wie sie mir später erzählte, ihr erster Orgasmus seit knapp 2 Jahren. Sie befand sich längst in Sexualtherapie, um das Problem zu lösen, bisher allerdings ohne Erfolg. Grund für die Problematik war eine Vergewaltigung vor 5 Jahren gewesen. Einmal Trauma, immer Trauma. Aber der Womanizer hatte es wieder geschafft und auch diese Frau über die Ziellinie geführt.

Ich duschte mich frisch, dann nach Hause. Die letzten Tage, die Antonia bei uns arbeitete, nutzten wir noch dreimal für Sex. Immer bei ihr. Ich fickte sie ordentlich durch, auch in anderen Positionen als nur den Missionar. Ihre Blowjobs brach ich höflich ab. Auch an ihrer Handarbeit war ich nicht interessiert. Die Rothaarige war eine Puppe zum Ficken. Nicht mehr und nicht weniger.

Sie ließ sich hart nehmen, tief bumsen, schnell rammeln und heftig pressen. Doch selbst kam sie nicht beim Geschlechtsakt. Es brauchte jedes Mal über 20 Minuten Züngeleiarbeit, um ihr einen Höhepunkt zu schenken, den sie dankbar annahm. Ich kam einmal tief in ihr, einmal in ihr Gesicht, einmal auf ihren Po. Damit hatte sich das Kapitel Antonia geschlossen. 7 Jahre später die erneute Kontaktaufnahme ihrerseits. Sie sah auf ihrem Profilfoto immer noch so scharf aus wie damals.

Lust, mal wieder diese Hübsche richtig durchzuficken, hatte ich allemal. Wir verabredeten uns auf einen Kaffee. Sie fiel mir um den Hals und erzählte, sie wohne jetzt in Passau und sei frisch geschieden. „Von meinem zweiten Ehemann, einem Gynäkologen." Ja, die dicken Klunker an ihren Händen verrieten, dass sie nun eine gemachte Frau war. Antonia berichtete von ihrem Werdegang und der Ist-Situation, der einer reichen Frau mit Job Ehefrau bzw. Ex-Frau. Ich lobte sie.

Ich berichtete ihr von meinem beruflichen Werdegang und der Ist-Situation als Big Boss of the own Company. Sie lobte mich. „Ich fand das damals sehr geil mit Dir, hätte Lust, Dich wieder zu spüren." Da konnte ich nicht Nein sagen. Doch wann und wo, war die Frage. Die Antwort war ein Stundenhotel. Solch eines benutze ich immer, wenn ich unverbindlichen Sex haben möchte, wenn es weder zu mir noch zu ihr gehen kann. Zu mir geht es schon lange nicht mehr, dank Andrea und meiner beiden Kinder. Haus voll, Chance leer.

Und Passau ist ein bisschen weg. Ich rief an und buchte auf die Schnelle ein Zimmer. Der Fick war wie erwartet: Hart und düster. Antonia nahm und nahm, wie eine Boxerin, die auf einen Knockout wartete. Sie war echt nur zum Geficktwerden geboren. Ich gab ihr die Chance, zu zeigen, dass sie in den vergangenen 7 Jahren dazugelernt hatte, doch ihre Handjob- und Blowjobansätze waren genauso fahl wie damals. Schade.

Ich nagelte das Stundenbett wund und schoss mein Sperma in den Sack. Durchgeschwitzt ruhte ich mich aus, danach schenkte ich ihr – erneut unter sagenhafter Anstrengung – zumindest einen Orgasmus. Da hätte sogar ihr Doktor gestaunt, denn der, so verriet Antonia, konnte das nicht.

Ihn hatte sie wegen der Knete und Klunker ausgesucht, nicht wegen seiner sexuellen Künste. Das Wiedersehen mit Lady Antonia war schon sexy, denn ihr Körper war immer noch hübsch und gut trainiert, doch das reicht nicht aus, um den Womanizer rundum glücklich zu machen. Nach 2 weiteren Treffs beendete ich das Kapitel Antonia ein für alle Mal und widmete mich weitaus talentierterem Bett-Frischfleisch.

Ein neuer Kick

Ich kam nach Hause und staunte: Wer stand da in meiner Küche? Eine kurzhaarige Frau. Die kenne ich nicht! Ich wollte sie zum Teufel jagen, da wurde mir klar: Das ist meine Frau. Andrea! „Was um Himmels Willen in Dir denn passiert?", wollte ich sie fragen, doch konnte mich gerade noch beherrschen. Andrea strahlte mich an: „Gefalle ich Dir?" Ich schluckte: „Geht so, wenn ich ehrlich sein darf. Das ist sehr gewöhnungsbedürftig." Andrea wollte alles andere als das hören und drehte sich verärgert weg.

Ich ging duschen. Beim Abendessen sah ich meine Andrea wieder. Ich habe nichts gegen Frauen mit frechem Kurzhaarschnitt, aber Andrea stand dieser überhaupt nicht. Es gibt Typen von Frauen, die sind nicht für kurze Haare geboren. Da muss es schön lang sein. Erst letztens hatte Andrea ihre langen Haare etwas gekürzt, das war noch okay, aber nun? Mein kluger Sohnemann sah das ähnlich:

Er flüsterte mir ins Ohr, Mami sähe aus wie ein gerupfter Vogel. Recht hatte er. Andrea würdigte mich am Abend keines Blickes mehr. Ich sie auch nicht. Ich bevorzugte das Bett im Gästezimmer. Ich konnte nicht verstehen, warum meine geliebte Gattin den Rasenmäher an sich heranließ. Andrea weiß genau, dass ich auf lange Haare stehe bei Frauen, schön weiblich soll es sein, ja. Waren es etwa schon die Vorboten der Wechseljahre, die sie überfallen hatten?

Oder wollte sie neu durchstarten? Hatte sie einen Lover, einen Stecher? Oder meinte sie, Frauenrechtlerin werden zu müssen? Ich wusste es nicht. Die nächsten Tage versuchte ich mich, an Andreas neuen Look zu gewöhnen, doch es gelang mir nicht. Sie versuchte mich abends zu verführen, doch ich lehnte ab. „So schlimm?", fragte Andrea mich. „Ja, schon", nickte ich.

Ich nahm sie in den Arm und tröstete mich. „Wie kann ich das wieder gutmachen?", ordnete sie sich mir unter. Mir kam eine geile Idee: „Ich hätte gerne einen Glory Hole Blowjob von Dir." „Weil Du mich dabei nicht sehen musst?" „Nein, weil wir das noch nie gemacht haben", antwortete ich geschickt.

Andrea schien Interesse zu haben. Ich fragte sie nach einem alten Bettlaken. Sie fand eines. Die Kinder waren längst schlafen. Wir sperrten unser Reich ab und ich befestigte das Laken am Zimmerdurchgang zwischen Schlafzimmer und Bad. Ja, es ließ sich prima oben am Rahmen befestigen. Nun holte ich eine Schere und schnitt auf Penishöhe ein Loch mittig ins Tuch. Andrea schaute gespannt zu. Ich küsste sie und verschwand auf der anderen Seite.

Dann ließ ich meine Hose runter und steckte mein Glied durchs Loch. Noch bevor ich A sagen konnte, sagte Andrea B. Schon hatte sie meinen halberigierten Penis in Hand und Mund. Ich konnte lediglich ihre Silhouette durch das hellblaue Baumwolltuch sehen. Den Rest fühlte ich. Andrea verwöhnte meine Salami. Verdammt gut tat sie es. Ich stand da und grinste mir einen. Gloryhole-Erfahrungen hatte ich ja schon gemacht, vor allem in Amerika. Das war immer geil.

Und nun das. Meine eigene Frau befriedigt mich durch das magische Loch. Ich musste mich beherrschen, nicht schon gleich abzuspritzen, und bat sie, sich mehr Zeit zu lassen. Doch nicht mit Andrea: Sie wollte ihre neue Sexiness unter Beweis stellen und gab stattdessen Vollgas. Ich kam sofort. Im Stehen zu kommen ist etwas anderes als im Liegen zu kommen. Ich zitterte, während mein Penis Sperma durch die Adern nach draußen pumpte. Andrea schluckte alles.

Ihr warmer Mund nahm mich komplett auf. Als es beendet war, sahen wir uns wieder. Ich küsste sie und dankte ihr für dieses Experiment. Damit war der kurze Ehestreit Geschichte. Andrea versprach mir, ihr Haar wieder wachsen zu lassen. Das tückische Spiel mit dem Bettlaken-Gloryhole wurde zu einer regelmäßigen geilen Routine in unserem Schlafzimmer und Sexleben. I love it!

Eine Affäre macht noch keine Liebe ... oder doch?

Ich war auf dem Weg zu einem Meeting und stieg am Max-Weber-Platz aus. Hoch aus der Bahn ans Tageslicht. Ich bog um die Ecke und registrierte eine Frau an mir vorbeigehen. Ich zögerte und blieb stehen. Sie zögerte und blieb stehen. Ich drehte mich um. Sie drehte sich um. „Ich kenne Sie", startete sie die Konversation. „Hautarzt", schoss es aus mir heraus. Sie nickte. Diese hübsche, junge Frau kannte ich seit mindestens 8 Jahren.

Sie war am Empfang meiner Hautärztin am Rosenheimer Platz tätig. Über die Jahre führte ich nie ein längeres Gespräch mit dieser Helferin, sondern es war lediglich der Praxis-Smalltalk: „Hallo. Wie geht's Ihnen?" Aber sie war mir damals schon aufgefallen. Sehr hübsch. Klein. Zierlich. Schlank. Geile Figur. Strahlendes Gesicht. Haare lang. Meist mit Schwanz.

Bisschen Ossi-Dialekt. Ich wusste weder ihren Namen noch ihr Alter noch ihre Telefonnummer. Diese Frau plauderte mich nun an. Sie erzählte mir, dass sie nicht mehr bei der Hautärztin arbeite, jetzt für die Kassenärztliche Vereinigung. Nach 13 Praxisjahren sei das der richtige Schritt gewesen, obgleich es ihr in der Praxis immer gut gefallen habe.

Morgen fahre ich in Urlaub. 16 Tage Sansibar. Ich bin total aufgeregt. Muss noch packen. Ich fahre mit einer Freundin hin. Das erste Mal. Bin schon mega aufgeregt." Ich hörte liebevoll zu. Irgendwann musste sie weiter und wir verabschiedeten uns hastig. Sie ging. Ich ging. Zu spät realisierte ich, welch interessante Chance ich mir durch die Lappen habe gehen lassen. Ich überlegte, ihr nachzulaufen und sie nach ihrer Nummer zu fragen, mit der Bitte, mir aus dem Urlaub das eine oder andere Sansibar-Foto zuzuschicken.

Doch ich war zu spät. Ich sah sie noch durch die Straßen gehen und lief ihr nach, dort dann war sie weg. Sie musste in ein Haus gegangen sein. Vielleicht wohnte sie dort. Ich ärgerte mich wie Bolle. So eine Chance hätte sich der Womanizer früher nicht entgehen lassen.

Sie schien mich zu mögen, immerhin unterhielt sie sich ganze 15 Minuten mit ihrem ehemaligen Praxisbesucher. Warum hatte ich sie nicht nach ihrer Nummer gefragt? Ich Depp! Nun war sie weg. Sie könnte in die Innere Wiener Straße 55 gegangen sein. Doch dort gab es über 10 Parteien. Oder vielleicht in die 57? Oder 59? Überall wohnten viele Menschen mit Klingeln. Verdammt! Ich fotografierte alle Klingelschilder ab und googlete später die Namen.

Nichts Brauchbares. Auch auf Facebook nicht. Ich hatte sie verloren. Ich hatte verloren. Dreck! In meiner Verzweiflung schrieb ich folgende E-Mail an die Praxis: „Liebes Team, heute habe ich am Max-Weber-Platz Eure ehemalige Kollegin getroffen, die über 13 Jahre lang am Empfang gearbeitet hat (klein, schlank, Ost-Dialekt, 30-33 Jahre alt). Über die vielen Jahre habe ich immer wieder sehr nette Gespräche mit ihr geführt.

Sie erzählte mir heute, dass sie nicht mehr in Eurer Praxis sei und nun für die Kassenärztliche Vereinigung arbeite. Sie meinte, rund um den Max-Weber-Platz würden wir öfter über den Weg laufen. Mir war es peinlich, da ich ihren Namen vergessen hatte, sie dafür meinen aber kannte. Könnt Ihr mir bitte kurz auf die Sprünge helfen, wie sie nochmal heißt. Wir hatten uns früher immer per Nachname gesiezt, dann per Vorname gesiezt. Mir ist beides leider entfallen, da ich sie schon lange nicht mehr gesehen hatte.

Das nächste Mal, wenn wir uns über den Weg laufen, würde ich sie gerne auch höflich mit ihrem Namen ansprechen. Sie danach zu fragen, wäre mir peinlich. Da dachte ich, ich frage bei Euch an. Vielen Dank für die Unterstützung!" Eine Antwort bekam ich nicht. Im Sinne des Datenschutzes verständlich. Also bemühte ich mich, die Hübsche zu vergessen.

Gelang mir aber nicht. 16 Tage vergingen. Sie vergnügte sich derweil auf Sansibar. Mit wem auch immer. Weitere Zeit verging. Ich suchte häufig den Max-Weber-Platz auf, um ein erneutes Treffen zu forcieren, doch ich hatte kein Glück. Irgendwann vergaß ich sie. Wochen später. Ich war auf dem Weg zu einem Meeting und stieg am Max-Weber-Platz aus. Hoch aus der Bahn und ins Tageslicht. Ich bog um die Ecke und registrierte eine Frau. Ich zögerte und blieb stehen.

Sie zögerte und blieb stehen. Ich drehte mich um. Sie drehte sie um. „Ich kenne Sie", startete sie die Konversation. „Hautarzt", schoss es aus mir heraus. Sie nickte. Da war sie wieder. Endlich! Ich hatte meine Traumfrau wieder. Ich fragte sie, wie ihr Urlaub war, und sie plauderte drauf los. Ich hörte nicht wirklich zu, sondern überlegte, wie ich diesmal an ein Date mit ihr kommen könnte.

Als sie 15 Minuten lang ihre Urlaubserinnerungen in einem Monolog mit mir geteilt hatte, meinte ich: „Das klingt nach einem Traumurlaub. Ich versuche das alles zu visualisieren. Leider drückt bei mir die Zeit, ich habe einen Termin. Ich möchte unser Gespräch unbedingt fortführen. Zeit und Lust, demnächst auf einen Kaffee oder ein Eis nach Feierabend? Hier am Max-Weber-Platz. Ich zahle." Sie zögerte keine Sekunde und nickte: „Ja, gerne." So kam ich an ihre Nummer.

„Ich schreibe Sie an mit Terminvorschlägen. War schön, Sie wiederzusehen. Ich freue mich auf die Fortführung unseres Talks." „Ich auch", lächelte sie und ging. Ich Glückspilz! Lady Luck hatte geholfen, diese sexy Lady wiederzufinden. Bei über 8 Milliarden Menschen auf der Welt nicht so einfach. Noch am selben Abend schrieb ich ihr heimlich – Andrea durfte das nicht mitbekommen – eine Nachricht. In der Aufregung hatte ich vergessen, sie nach ihrem Namen zu fragen. Ich hatte lediglich ihre Nummer. Also textete ich:

„Hallo schöne Frau. Wie sieht´s aus mit Donnerstag, 16 Uhr im Café Wiener Platz?" Kurz darauf antwortete sie: „Ja, passt. Ich bin übrigens die Susi." „Hallo Susi", reagierte ich sofort. „Und wie heißt Du?" Schon waren wir beim Du, genial! Ich nannte ihr meinen Namen und fragte sie nach ihrem Tag. „Der war ganz gut, und Deiner?" „Meiner auch." So entwickelte sich ein netter Smalltalk. Da Andrea in der Nähe war – ich steckte ja zu Hause – musste ich das neugierige Ding abwürgen.

„Ich freue mich schon sehr auf übermorgen. Ich fänd´s toll, wenn Du mir auch ein paar Fotos von Sansibar zeigen könntest." „Geht klar, ich bring mein iPad mit." „Prima, schlaf schön, Susi, bis übermorgen." Diese Euphorie setzte ich in rattenscharfen Sex mit Andrea um. Ich fieberte meinem Date mit Susi entgegen.

Am Tag des Tages kleidete ich mich besonders schick-cool und legte um 15:30 Uhr, als ich das Büro verließ, meinen reizvollsten Duft auf: The Comforter von Lush. Cassis Absolue mit Bergamottöl. Ein betörender Duft, auf den ich oft angesprochen werde von Frauen aller Art. Da saß sie schon, die Maus, und erwartete mich mit einem interessierten Lächeln. „Schön, Dich zu sehen", eröffnete sie. „Schön, Dich zu sehen", eröffnete ich.

Wir bestellten Kaffee und Kuchen und plauderten los. Zuerst Smalltalk, wie der Tag war und wie es uns geht, dann lenkte ich das Thema auf Sansibar. „Richtig", zückte sie ihr Gerät. Susi erzählte mir ausführlich über ihren Traumurlaub, den sie mit ihrer besten Freundin Sonya bestritten hatte. Dazu zeigte sie mir Fotos, die sie vorher aber nicht sortiert hatte. Susi schaute immer wieder durch die Bilderleiste mit tausenden Fotos und klickte mir das eine und das andere groß an. Die ersten Fotos, die ich zu sehen bekam, waren von der Anreise.

Susi und Sonya am Flughafen, im Flugzeug, am Flughafen, im Hotel. Erschöpfte, aber glückliche und hübsche Frauen sah ich. Sonya war größer als Susi, etwa 1,78 m, aber ebenso schlank und sexy. Kurzhaarschnitt im Sinne von Melanie Müller. Zu kurz für mich. Die ersten Landschaftsfotos folgten. Auch Fotos der Stadt und von Ausflügen.

Dabei erzählte mir Susi einiges über Sansibar, was mich aber nicht wirklich interessierte. Ich nickte trotzdem wie der Wackeldackel. Susi erzählte begeistert weiter und zeigte mir viele schöne Naturbilder. Die Küste der Schwarzen heißt nicht umsonst so. Viele Schwarze waren auf den Fotos mit zu sehen. Einheimische, die wohl die Hoffnung hatten, Geld von oder einen Fick mit Susi und Sonya zu erhalten. Keine Ahnung, was die beiden Ladies denen alles gegeben haben.

Das Strahlen mancher Männer auf den Fotos war schon sehr deutlich. Vielleicht waren sie aber auch nur glücklich, mal richtig hübsche deutsche Frauen in ihrem Ressort zu sehen. Da, ein sexy Standbild von Sonya. Wie gesagt, sie war nicht ganz mein Typ Frau, aber einen schönen Körper hatte sie. Da, ein schönes Standbild von Susi! Aber sie hatte ein T-Shirt und eine Shorts an. Ein knapper Bikini wäre mir lieber gewesen, ich wollte mehr von ihrem Körper sehen.

Über 300 Fotos waren es, die sie mir zeigte. Ich kommentierte das eine oder andere witzig-spritzig und wir hatten eine schöne Zeit zusammen. PS: Leider war kein Foto dabei, das Susi in Bikini zeigte. Schade. Ich erzählte ihr von meinem bevorzugten Urlaubsziel: das Land, das sie Ägypten nennen. Da war sie sehr interessiert. „Weißt Du was, bei unserem nächsten Treffen zeige ich Dir Fotos aus Ägypten", lockte ich. „Gerne", lächelte Susi mich interessiert an.

Langsam musste ich nach Hause. Ich zahlte alles und drückte ihr Bussis auf die Backe, dazu eine warme Umarmung. „Danke, dass Du Deine Urlaubseindrücke mit mir geteilt hast." „Danke, dass Du Dir alles angesehen hast." Ich wünschte ihr einen schönen Abend und düste ab. Schon am nächsten Morgen suchte ich Ägypten-Fotos heraus. Natürlich aus meiner Zeit als Single, wo ich es im Urlaub und während meiner Robinson-Jahre in Soma Bay krachen ließ.

Das nächste Date war schnell gemacht. Diesmal war ich an der Reihe, Susi zu beglücken. Sie sah umwerfend aus, trug eine enge Jeans und ein gelbes Top. Ihre Haare sah ich zum ersten Mal offen. Lang waren sie und kastanienbraun. Ihre Augen funkelten. Ich erzählte ihr, wie ich nach Ägypten kam (Robinson) und immer wieder zurückkehrte. „Als Entertainmentchef wirst Du sicher das Leben voll und ganz ausgekostet haben, oder?" Ein Blick von mir sprach mehr als tausend Worte.

Susi kicherte. Ich zeigte ihr Fotos aus Soma Bay. Vom Strand, vom Steg. Dann folgten Unterwasserfotos, mit Schildkröten, Rochen, Kraken, auch Delphine waren dabei. Die Susi staunte. Dann hatte ich einige Fotos von mir mit eingestreut, in der Blütezeit meiner männlichen Jugend und Stärke. Als Womanizer von Soma Bay, der ich war. Oben ohne beim Beachvolleyball, als Blue Man auf der Trommel-Showbühne, als Lover Sky in Mamma Mia. Susi war aus dem Häuschen:

„Was Du schon alles erlebt hast." Als die Fotos von Soma Bay durch waren, folgten einige aus Lahami Bay. Highlight waren Fotos mit einem Dugong. Da drehte Susi durch: „Was? Dugongs hast Du gesehen? Irre!" Ich triumphierte: „Mehrmals. Ich hatte sogar das Glück, mit einem ausgewachsenen Dugong eineinhalb Stunden alleine im offenen Meer zu schwimmen.

Das war unglaublich. Ich habe das sogar gefilmt." „Hast Du das Video noch?" „Ja." „Das möchte ich sehen." „Habe ich nicht dabei." „Oh Mann, schade. Zeigst Du es mir das nächste Mal?" „Ja, gerne." „Versprochen?" „Versprochen." Geschafft. Unser nächstes Date stand. „Das sollten wir uns auf einem großen Bildschirm anschauen. Hier auf dem iPad ist es nicht würdig." „Ich habe bei mir einen großen TV-Bildschirm, also wenn Du magst, bei mir." Diese Einladung musste ich annehmen.

Wir verabredeten uns für den übernächsten Tag und ich träumte bereits von Sex mit Susi. Würde es wirklich passieren? Ich zog meine allerbesten Unterwasservideos aus Ägypten auf einen Stick. Am Tag der Tage düste ich 2 Stunden vor Feierabend zu Susi. Sie wohnte tatsächlich in der Inneren Wiener Straße, allerdings ein paar Häuser weiter, als ich in Erinnerung hatte. Eine schicke 3-Zimmer-Wohnung, Altbau, modern eingerichtet, empfing mich. Auch Susi empfing mich.

Sexy in einem bunten, figurbetonten Kleid. Sie bot mir Erfrischungsgetränke an, ich entschied mich für eine Limonade. Nach nettem Smalltalk und einer Wohnungsführung begaben wir uns aufs Sofa und ich händigte ihr meinen Stick aus. Den steckte sie an ihren großen Bildschirm und drückte mir die Bedienung in die Hand. Ich startete die Video-Show mit einer alten Schildkröte, die ich ein paar Minuten begleitete.

Susi war begeistert. Es folgten größere Schildkröten, immer noch größere. Dann ein Barracuda. Da bekam sie es mit der Angst zu tun, da ich ziemlich nah am Monster dran war. Weiter ging es mit einem derart dichten Fischschwarm, dass ich mittendrin statt nur dabei war. Nun war es ein hübscher Stachelrochen, der ihr Herz höherschlagen ließ. Meine Rochen wurden immer größer. Der Manta entlockte ihr ein „Wahnsinn".

Als talentierter Unterwasserfilmer mit top Equipment hatte ich fantastische Filmchen zu bieten. Die Muränen machten ihr Angst, zugleich war sie fasziniert von den schlangenartigen Wesen. Riesenteile waren dabei. Nun wurde es richtig gefährlich. Rotfeuerfische, mit denen ich Seite an Seite schwamm. Tödlich bei Biss. Dann wurde es schön: Delfine. Susi jubelte und schmiss sich enger an mich ran, unsere Beine berührten sich nun.

Ich tauchte mit den Delfis und filmte das Spektakel spielerisch. „Bist Du bereit für das Dugong?", wollte ich wissen. „Sowas von", schubste Susi mich an. „Hier ist es." Ich startete die nächste Filmsequenz, die ein etwa 3 m großes Dugong zeigte. Direkt bei mir. Ich und es. Es und ich. Nur wir beide. Im offenen, weiten Meer. Man sah, wie es schwamm, wie es graste, wie es hochkam zum Atmen, wie es um mich herumschwamm, wie es mit mir spielte. Wie ich mit ihm spielte.

Es war ein unvergessliches Ereignis. Susi war hin und weg. Sie sprach kein Wort dabei, sondern schaute sich gebannt diesen 8-minütigen Clip an, in dem ich mich mit dem Dugong vereinte. Als alles fertig war, umarmte sie mich: „Danke, dass Du diese tollen Videos mit mir geteilt hast." Ich drückte sie fest an mich und flüsterte ihr ins Ohr: „Ich würde gerne noch etwas anderes mit Dir teilen." „Was denn?", flüsterte sie zurück.

„Einen Kuss." Sie gab sich mir sofort hin. Susi ließ sich küssen und küsste mit. Ich genoss es, diese Susi-Traumfrau in meinem Arm zu halten und sie zu knutschen. Ich wollte mehr, auch sie wollte mehr, doch mein mehr und ihr mehr waren nicht dieselben mehr. Ich hätte Susi am liebsten auf der Stelle gebumst, doch das ging zu schnell. Als meine rechte Hand ihr Bein hochfuhr, hielt sie diese fest. Einen erneuten Versuch blockte Susi erneut ab. „Das geht mir viel zu schnell", stoppte sie mich schließlich. „Ich brauche mehr Zeit."

Ich musste mich in Geduld üben. Knutschen aber war erlaubt, das ließ sie zu und übernahm sogar die Initiative. Susi setzte sich auf meinen Schoß und küsste mich lang und intensiv. Sie machte mich damit immer geiler, doch explodieren durfte ich nicht. Wie gemein! Irgendwann zog ich den Stecker: „Du, ich halte das nicht länger aus. Besser, ich gehe jetzt, sonst explodiert noch meine Hose."

Die Beule in meiner Hose hatte Susi längst gespürt. Sie wusste genau, wovon ich spreche. „Bekomme ich wirklich nicht mehr heute?" „Nein, sei mir nicht böse, aber ich brauche mehr Zeit. Meine letzte Beziehung ist sehr unschön auseinandergegangen, ich muss erst mehr Vertrauen sammeln, bevor ich mich öffnen kann." Ich zeigte großes Verständnis, küsste sie mit Zunge und fuhr im Puff vorbei, um Dampf abzulassen.

Nutte Mimi bekam einen heftigen Fick ab. Ich musste mich zurückhalten, nicht zu overpacen. Ich knüppelte ins Kondom und chillte erlöst nach Hause. Die nächste Möglichkeit, Susi zu sehen, ergab sich 3 Tage später. Wieder ich zu ihr. Sie wollte mehr Ägypten sehen, bekam sie. Sie kuschelte sich eng an mich und ich genoss ihre Nähe sehr.

Nach 20 Minuten beendete ich die Foto-Präsentation und begann sie zu küssen. Susi küsste mit. Ich wollte mit meiner Hand unter ihr Top, doch sie zuckte zusammen und drückte mich weg. Ja so was! Das war mir lange nicht passiert. „Was ist denn los, Susi?", fragte ich sie. Da begann sie zu weinen. Ich verstand nur Bahnhof. „Habe ich etwas falsch gemacht?", warf ich in die Runde. „Nein", schluchzte sie und verließ das Zimmer. Ich musste 5 Minuten warten, ehe sie sich erklärte:

„Meine letzte Beziehung ist brutal auseinandergegangen. Mein Ex, mit dem ich sogar zusammenwohnte, hatte mich damals einige Male vergewaltigt und zu Sex zu dritt gezwungen. Ich war 4 Jahre mit ihm zusammen, das letzte Jahr war die Hölle. Er hat mich sogar geschlagen. Als ich ihm erörterte, ihn zu verlassen, schlug er mich bewusstlos und verbrühte mich mit kochend heißem Wasser und einer Säure, die nicht definiert werden konnte.

Ich kam ins Krankenhaus und musste operiert werden. Insgesamt 4 OPs habe ich ihm zu verdanken. Das Schwein kam mit Sozialstunden und ein bisschen Bußgeld davon. Seitdem habe ich keinen Sex mehr mit einem Mann gehabt. Du bist der erste, den ich so nah an mich heranlasse. Und es fällt mir echt nicht leicht. Bitte verstehe das nicht falsch. Du bist der perfekte Mann, aber ich brauche Zeit, um Vertrauen zu fassen."

Ich tröstete das Ding und streichelte ihren Kopf. „So ein Arsch", raunte ich, „wie kann der Typ Dir nur so etwas antun?!" Ich streichelte Susi zart, dabei auch über ihre Brüste, was sie im Eifer des Gefechtes zuließ. Als meine Hand erneut unter ihr T-Shirt wollte, stieß sie mich zurück. „Nicht da!", gaffte sie mich an. „Sorry", entschuldigte ich mich und hielt meine Hände ergebungsvoll nach oben. „Weißt Du, ich schäme mich für die Verbrennungen und Verätzungen auf meiner Haut, die sind nicht sexy, wenn Du weißt, was ich meine.

Ich traue mich seitdem nicht, sie jemandem zu zeigen, schon gar nicht einem so tollen Mann wie Dir." „Du brauchst keine Angst zu haben", tröstete ich sie. „Ich bin auf Deiner Seite. Ich finde Dich toll, genauso wie Du bist. Verbrennungen oder Verätzungen an Deinem Körper schrecken mich nicht ab." „Meinst Du wirklich?" „Ja, ganz sicher." Da ergriff Susi der Mut und zog ihr Shirt hoch. Ich sah Schreckliches! Ihre Brüste waren im BH versteckt, aber ihr Bauch war ziemlich entstellt.

Heftige Narben und zerstörtes Gewebe. Ich schluckte tief, doch beherrschte mich. Susi eilte ins Schlafzimmer und kam mit einem Fotoalbum zurück. „Schau mal, so sah ich davor aus", zeigte Susi mir schöne Fotos von sich im Bikini. Wow, was für ein Wahnsinns-Hammerbody! „Und so sah ich kurz nach der Attacke aus." Ekelhaft! Dieser zuvor wunderschöne Bauch hatte sich in eine offene Wunde verwandelt. „Hier nach der ersten Operation. Hier der Heilverlauf.

Dann die zweite OP. Und der dritte Eingriff. Viel besser als jetzt wird es nicht, damit muss ich leben." Dabei kullerten ihr traurige Tränen aus den Augen. Ich umarmte Susi und küsste sie. „So ein Dreckskerl. Das tut mir so leid für Dich. Aber mach Dir keine Sorgen: Ich finde Dich toll, genauso wie Du bist. Alles an Dir ist schön, auch diese Narben."

„Du bist so süß", lächelte sie und küsste mich. „Sei aber bitte vorsichtig. Mein Bauch ist sehr empfindlich, er tut oft weh. Ich lasse mich nicht mehr gern dort berühren." „Vertraue mir", spielte ich den Gentleman und küsste sie weiter. Leider bekam ich an diesem Nachmittag nicht mehr, weder ihre Titten vor die Augen noch einen Hand- oder Blowjob. So fuhr ich wieder mit einem Dauersteifen zu Mimi, die diesmal wieder gutes Geld bekam und einen heftigen Fick dafür erlebte.

Die Tage vergingen, und ich stellte fest, dass ich immer öfter an Susi dachte. Statt Zeit mit meinen Kindern oder meiner Andrea zu verbringen, suchte ich jede Möglichkeit auf, um Zeit mit Susi zu verbringen. Meistens zweimal wöchentlich schaufelte ich mir Zeitfenster frei, um 2 Stunden in ihrer Wohnung bei ihr zu sein. Jedes Mal kamen wir uns ein kleines Stückchen näher, doch noch war nichts Entscheidendes passiert. Knutschen war erlaubt und schön, das gefiel ihr.

Aber meine Hände musste ich im Zaum halten, da Anfassen an ihren Problemstellen Bauch und Geschlechtsorganen strikt verboten war. Aber das war mir egal, ich genoss jede Minute mit ihr. Eines Tages stellte Susi mir eine unangenehme Frage: „Warum musst Du abends eigentlich immer zeitig nach Hause? Hättest Du nicht mal Lust, länger zu bleiben?" Jetzt hatte sie mich erwischt. Ich musste ihr die Wahrheit sagen.

„Susi, jetzt ist der Moment gekommen, ganz ehrlich zueinander zu sein", startete ich. „Ich finde Dich unglaublich toll. Du bist eine Wahnsinnsfrau, ich fühle mich wohl bei Dir, in Deiner Nähe. Ich kann mir so viel mit Dir vorstellen. Aber ich habe daheim eine Frau und 2 Kinder. Daher muss ich zeitig nach Hause. Sei mir nicht böse und fühl Dich nicht gekränkt oder verletzt. Ich weiß selbst nicht, wie das weitergehen soll, denn ich glaube, ich habe mich in Dich verliebt."

Mein Plädoyer hatte es in sich. Hatte ich das wirklich so gerade live gesagt: „Ich glaube, ich habe mich in Dich verliebt." Wahnsinn! So ehrlich wollte ich gar nicht sein, nicht einmal mir selbst gegenüber. Bisher habe ich das verdrängt, doch nun war es raus. Susi starrte mich an. Mir zitterten die Knie. Dann holte Susi tief Luft: „Und ich habe mich in Dich verliebt."

„Wirklich?" „Ja." Ich war überrascht, dass sie nicht explodierte, doch die Situation war keine einfache, denn wir hatten uns gerade unsere Liebe gestanden. Zumindest das Verliebtsein. Aber das ist der Anfang der Liebe. Susi war höflich und hielt sich mit Fragen zu meiner Frau und den Kindern zurück, ebenso mit Beurteilungen, warum ein verheirateter Mann bei ihr auf dem Sofa sitzt. Ich musste das Schweigen brechen: „Schau mal, Susi, das ist alles andere als einfach für mich. Ich liebe meine Frau Andrea über alles und habe 2 tolle Kids mit ihr.

Ich bin ihr noch nie fremdgegangen (LÜGE) und habe nie anderen Frauen nachgeschaut (LÜGE), doch als wir beide uns am Max-Weber-Platz über den Weg gelaufen sind und uns unterhalten haben, war mir klar: Diese Frau ist etwas ganz Besonderes. Die musst Du näher kennenlernen. Ich hatte keine andere Wahl." Susi nickte und folgte meinen Ausführungen. „Ich weiß nicht, was es genau ist, aber ich fühle mich in Deiner Nähe unglaublich wohl. Ich genieße jede Minute mit Dir.

Du bedeutest mir sehr viel. Ich weiß nicht, worauf das hinaus-laufen wird, aber ich möchte es herausfinden. Dazu musst Du uns eine Chance geben. Dazu musst Du mir eine Chance ge-ben." „Bist Du nicht glücklich in Deiner Ehe und mit Deiner Familie?" „Doch, und genau das macht mir ja Angst, dass ich mich trotzdem derart stark zu Dir hingezogen fühle." Die Zeit war mal wieder gerannt, so mussten wir das Gespräch abbre-chen und ich fuhr nach Hause. Am nächsten Morgen schrieb mir Susi folgende WhatsApp:

„Hi, Süßer! Ich konnte nicht schlafen. Unser Gespräch ging mir nicht aus dem Kopf. So schade, dass Du nicht frei bist. Andererseits werde ich um Dich kämpfen, wenn es nötig ist, da ich mich ebenso stark zu Dir hingezogen fühle. Du könntest der Mann meiner Träume sein. Ich möchte Dich kennenlernen und Zeit mit Dir verbringen, ohne mich in Deine Ehe zu drängen. Ich möchte, dass Du glücklich bist. Wenn Du bei mir glückli-cher bist, nehme ich Dich mit offenen Armen an.

Dann soll und darf es so sein mit uns. Ich liebe Dich! Susi." Wow, was für eine Frau! Ich hatte Susi tatsächlich um meinen Finger gewickelt … hatte ich das wirklich getan? Ei-gentlich hatte sie mich um ihren Finger gewickelt. Nein, auch das war es nicht. Waren wir füreinander bestimmt? War Susi meine neue Andrea? Fragen über Fragen durchschossen meine Intelligenz, doch eine Lösung fand ich nicht. Stattdessen suchte ich schnell wieder Susis Nähe auf.

Sie strahlte, als ich kam und sie küsste. Doch sie hatte auch eine schlechte Nachricht für mich: „Ich muss Dir etwas sa-gen. Durch die Sache, die sich da mit uns entwickelt, ist einiges an negativen Erinnerungen wieder hochgekommen. An meinen Ex. Die Vergewaltigungen. Das Attentat. Ich habe es noch nicht verarbeitet. Ich muss mir eine Auszeit nehmen."

Verstand ich. Doch dann: „Diese Auszeit nehme ich mir auf Sansibar." Na gut, dachte ich, warum nicht. „Ich werde 6 Monate bleiben." Ich war baff. „6 Monate?" „Ja, wenn schon, denn schon. Mit meinem Arbeitgeber ist das schon besprochen. Unbezahlter Urlaub. Ich kann nach den 6 Monaten sofort wie-der Vollzeit einsteigen. Diese Garantie hat er gegeben." „Auch schriftlich?" „Ja, auch schriftlich." Ich schluckte.

„Das bedeutet, dass wir uns ein halbes Jahr nicht sehen." „Ja, ich weiß", nickte Susi, „aber solltest du in einem halben Jahr mich immer noch sehen wollen, dann bist Du der Richtige für mich." Was blieb mir anderes übrig, als ihren Wunsch nach Freiheit und Heilung zu akzeptieren? Meine Versuche, sie zum Bleiben zu überreden, hatten keine Aussicht auf Erfolg.

Zu klar war ihr Plan, auf Sansibar alles Geschehene hinter sich zu lassen. „Sonya wird mich begleiten." „Gut, ich werde auf Dich warten. Mal schauen, wie es ist, wenn wir uns in 6 Monaten wiedersehen." Traurig ging ich. Susi schrieb mich am nächsten Morgen an, um mir den Termin ihrer Abreise durchzusagen. „In 3 Wochen geht´s los. Gleichzeitig schlug sie vor, dass wir uns bis dahin unbedingt noch ein paar Mal sehen sollten."

Gerne. Unser nächstes Beisammensein lief erstaunlich gut, denn zum ersten Mal durfte ich beim Küssen unter ihr T-Shirt. Behutsam und liebevoll streichelte ich ihren ramponierten Bauch und spürte das Unglück in meinen Händen. Ich durfte sogar ihre Brüste fühlen. Nicht kneten oder küssen, aber meine Hand durfte sie alle beide in die Hand nehmen. Dann war aber auch genug für heute. Mehr wollte Susi nicht. Aber immerhin:

Ihre kleinen Titten fühlten sich schön an, sie standen wie eine Eins. Geil! 3 Tage später durfte ich zum ersten Mal mit meinen Händen ihre Oberschenkel streicheln beim Knutschen. Sie trug einen Rock und genehmigte mir, bis 10 cm vor ihr Höschen zu kommen. Schön schlank waren ihre Schenkel. Wie gerne wäre ich weiter hochgefahren und hätte ihre Muschi liebkost. Verdammt! Noch 3 Treffen vor ihrer Abreise. Ich musste riskieren. Als wir am Knutschen waren, legte ich ihre Hand auf meine Hose. Bisher hatte sie meine Beule nur mit ihrem Po gespürt, als sie auf mir saß und wir uns küssten.

Diesmal nutzte ich die Gunst und legte ihre rechte Hand aus meiner auf meine Hose ab. Sie merkte sofort, was Sache war, doch zog ihre Tatze nicht weg. Sie tat auch nicht mehr, als ihre Hand einfach dort zu lassen. Als Susi merkte, wie ich immer unruhiger wurde, fing sie etwas zu kneten an. Mann, tat das gut! Irgendwann hielt ich es nicht länger aus und meinte: „Holst Du mir heute einen runter? Bitte." „Ich würde gern, aber kann noch nicht", antwortete sie traurig.

„Versuch es doch wenigstens", drohte ich ihr eindringlich. So ging das hin und her, bis ich aufgab und ihre Hand von meiner Hose nahm. Susi begann zu weinen. Ich musste sie wieder trösten. Meine Küsse beruhigten sie und sie legte ihre Hand wieder auf meine Hose, die noch ohne Beule, kurz darauf wieder mit Beule war. Plötzlich war ihre Hand an meinem Reißverschluss, Sekunden später poppte mein Lolly heraus.

Susi neigte ihr Haupt nach unten und sah ihn sich genauer an. Verschmitzt lächelte sie. Dann – endlich – erfüllte sie mir meinen Traum des ersten Handjobs. Doch – leider – konnte sie das nicht gut. Vielleicht lag es an der Position, vielleicht war der Winkel nicht der richtige, vielleicht war ihr Handgelenk auch verätzt worden. Möglichweise war sie müde, oder sie hatte kein Talent. Wir knutschten und ich fühlte, wie sie weder den richtigen Rhythmus traf noch den richtigen Grip fand.

Aber ich genoss es trotzdem, diese Traumfrau in Armen zu halten. Irgendwann kam ich. Ich explodierte gut, doch auch hier wichste Susi nicht weiter, sondern hielt ihn fest und ließ es spritzen. Das kann Andrea viel besser. Trotzdem bedankte ich mich herzlich für ihre Handarbeit und küsste sie zum Abschied. Noch 2 Treffen. Nun wollte ich Susi etwas Gutes tun und bot ihr eine Massage an. Sie stimmte zu.

Halbnackt legte sie sich auf ihr Bett und ich durfte sie massieren. Susis Rücken war schön, gut trainiert, die Haut fest und sanft zugleich, ihre Beine schlank und sexy. Ihren Po durfte ich leider nicht sehen, sie trug ein Po umfassendes Höschen. String-Tangas sind mir deutlich lieber. Leider durfte ich ihren Po auch nicht anfassen. Auch an ihren Oberschenkeln musste ich aufpassen, dass ich nicht zu nah an ihre Spalte kam, da zuckte sie sofort zusammen und kniff auch zusammen.

Aber ich gab mir große Mühe, sie liebevoll zu massieren und so Vertrauen aufzubauen, indem ich mich an all ihre Regeln hielt. Umdrehen wollte sie sich nicht. Als Dankeschön für meine Massage wollte sie mich auch massieren. Ich durfte mich nackt hinlegen. Susi knetete meinen Rücken durch, auch meinen Po und meine Beine. Schließlich durfte ich mich umdrehen. Ich sah Susi in einem langen XXL-Shirt vor mir. Sie wollte mir in dieser erotischen Stimmung ihre Narben nicht zeigen.

Sehr rücksichtsvoll. Gleichzeitig war sie deutlich aktiver als die Wochen zuvor. Susi war klar, dass sie mich sonst vielleicht verlieren würde, also überschritt sie ihre Grenzen. Zärtlich massierte sie meinen Oberkörper und widmete sich schließlich meiner Körpermitte. Endlich spürte ich ihre Hand um meinen Leuchtturm. Sie kniete zwischen meinen Beinen und hatte optimale Bedingungen, um den perfekten Grip und das richtige Tempo zu finden. Doch auch diesmal enttäuschte sie auf voller Ebene.

Ihre Handmassage war roboterhaft und fühlte sich sehr fremd, so weit weg, so unerotisch an. Klar, Susi hatte nach wie vor mit ihrem Trauma zu kämpfen, aber das allein konnte nicht die Entschuldigung für eine so schlechte Handarbeit sein. Als mein Penis zu erschlaffen drohte, versuchte sie es mit dem Mund. Ihr „Blowjob" war alles andere als ein Blowjob. Sie nuckelte und lutschte komisch an meiner Eichel herum.

Anstatt zu versteifen, erschlaffte mein Penis. Susi begann zu weinen. „Tut mir leid, aber ich fühle mich überhaupt nicht wohl dabei", heulte sie. „Früher fand ich Sex geil und hatte großen Spaß daran, aber jetzt ist es eine mächtige Hemmnis, die mich blockiert. Ich kann das viel besser, ehrlich." „Alles gut, Süße", beschwichtige ich sie, „mach einfach so, wie Du es momentan kannst, ich genieße es trotzdem. Kein Druck, kein Leistungsdenken. Es ist für mich schön, so wie es ist."

Das ermutigte sie, mir einen Orgasmus zu schenken. Den hatte ich mir wirklich verdient nach der erneuten Diskussion. Ihre Hand umgriff meine Faltwurst und machte daraus eine Stehwurst. Bisschen besser als vorhin tat sie es, doch immer noch weit von gut entfernt. Nun mit dem Mund. Susi nuckelte seltsam an ihm herum. Doch irgendwie gelang es ihr, mich zum Höhepunkt zu blasen. Ich kam.

Susi geriet in Panik und brach ab. Ich spritzte in die Luft und behalf mir selbst, während sie sich wegdrehte und zu Schluchzen begann. Mädel, wenn Du schon heulen musst, dann blas zuerst zu Ende, erst dann lass das Wasser raus! Egal, ich hatte großes Verständnis für diesen Unglückswurm und putzte mich sauber. „Sorry, ich mache das alles wieder gut", stöhnte sie. „Das weiß ich, Süße, alles gut. Mir geht es gut." Auf zum letzten Date vor dem Goodbye:

Diesmal machte Susi das Unmögliche möglich – sie schlief mit mir. Sofern man das so nennen kann. Zuerst sprach sie ausführlich mit mir darüber: „Du, heute möchte ich zum Abschied mit Dir schlafen. Ich weiß nicht, ob ich das kann, es ist ein riesengroßer Schritt für mich, aber ich vertraue Dir und möchte Dich glücklich machen. Und ich möchte dieses Gefühl mit nach Sansibar nehmen.

Sei mir nicht böse, wenn ich Zeit brauche oder zwischendurch kurz abbreche. Ich weiß noch nicht, wie ich es verkraften werde. Bitte sei liebevoll und zärtlich zu mir. Das ist mir wichtig." Versprach ich ihr alles. Zum ersten Mal sah ich Susis Brüste. Sie waren genauso, wie ich sie gefühlt hatte. Ihr Bauch war gewöhnungsbedürftig. Hässlich, da muss man ehrlich sein, aber ich versuchte, das Schöne zu sehen. Ihre Beine waren top. Nun kam der große Moment: Langsam und im Dunkeln streifte sie ihr Höschen ab.

Susi stand nun komplett nackt vor mir. „Komm zu mir", flehte ich sie – bereits nackt im Bett liegend und auf sie wartend – an. Als sie näher und ins Bettlicht kam, erschrak ich, denn ihre Pussy hatte auch einiges abbekommen. Sie trug Schamhaare, um die Narben zu verschleiern, doch ich sah die Defekte genau. „Auch von Deinem Ex?" „Ja", schniefte sie. Er hatte ihr ein spitzes Messer einmal quer und einmal längst durchgezogen. Sie war aufgeschlitzt. Ihr volles Schamhaardreieck verbarg zumindest Teile dieser vulgären Schnittwunden.

Ich musste mich beherrschen, nicht noch wütender zu werden. Mir war klar: Ihr Ex musste bestraft werden. Stichwort Jack. Ich nahm die Maus in meine Arme und beschützte sie. Dabei wurde mir klar, wie sehr ich mich in sie verliebt hatte. Da war mehr als nur Sex. Im Gegenteil: Es war der Mensch, der mir gefiel. Sex war hier eigentlich nur Nebensache.

Gar nicht typisch für mich. Es lag an Susi: Liebte ich sie etwa? Könnte sein. Sie war etwas sehr Besonderes für mich geworden, soviel stand fest. Anfassen durfte ich Susi unten natürlich noch nicht. Irgendwie verständlich. Stattdessen spielte sie mit meinem Penis, bis er steif war. Dann zog sie mir ein Kondom über und versuchte, auf mir Platz zu nehmen. Doch immer wieder zog sie zurück.

Je näher sie kam, desto nervöser wurde sie immer. Nach 10 Minuten beendete ich das traurige Schauspiel. „Ist schon gut, Susi, Du bist noch nicht bereit", tröstete ich mich. „Gib mir noch ein paar Minuten, dann klappt's", versprach sie mir tapfer. Nach ein paar Minuten wollte Susi es nochmal versuchen. „Mach Du, in der Missionarsstellung", schlug sie vor.

Sie legte sich auf ihren Rücken, doch konnte die Beine nicht richtig öffnen. „So komme ich nicht rein", meckerte ich leise. „Ich weiß, es klemmt irgendwie." Immer ein paar cm weiter gelang es ihr, ihre Beine zu öffnen und mir einen Einstieg zu gewährleisten. Irgendwann berührte mein Penis ihre Vagina. Susi zuckte. „Ist alles okay?" „Ja", zögerte sie. Langsam schob ich mich nun – Stück für Stück – in sie hinein. Ich beobachtete ihr hübsches Gesicht, das angespannt, fast schon schmerzverzerrt war. „Alles okay?" „Ja, es passt schon."

Ich schob weiter. Doch merkte ich, dass ich ihr damit keinen Gefallen tat. Ich zog zurück, doch sie hielt mich fest: „Da muss ich jetzt durch. Gib mich nicht auf, bleib bitte drin." Tat ich. Dann drückte ich weiter rein. Ganz langsam, liebevoll, zärtlich, behutsam. Bis zum Anschlag. Nun war ich in der Susi. Langsam begann ich zu stoßen. Ganz langsam, doch sie stemmte sich mit ihren Händen gegen mein Becken. Ich verstand.

Sie war noch nicht bereit. Abbrechen ließ sie mich aber nicht. „Ich will das, bleib drin, gib mir noch ein bisschen Zeit, bitte." Da war ich nun gefangen in einem Paradies ohne Paradies. In einem Happy End ohne Happy End. In einer Muschi, die eigentlich nicht wollte. Diese seltsame Konstellation erregte mich aber auch, da ich so etwas noch nie erlebt hatte. Daher reichten die kleinen Bewegungen aus, dass sich mein Penis weiterentwickelte und ich meinen Höhepunkt anrollen spürte.

„Ich komme", brummte ich. „Komm", quietschte Susi. Ich kam. Susi war sichtlich dankbar, dass es nun zu Ende war. Ich vermute, es muss ein Höllentrip für sie gewesen sein, doch ihr war es wichtig, mich vor dem Abschied in sich zu spüren. Diese sexuellen Erlebnisse, auch wenn sie nicht sonderlich gut waren, brachten uns noch enger zusammen. Der Abschied von Susi fiel mir unendlich schwer. „Ich liebe Dich", küsste sie mich auf den Mund. „Ich liebe Dich auch", küsste ich mit.

War das Kapitel Susi nun beendet? Sollte ich es beenden? Würde sie es auf Sansibar beenden? Würden wir heiraten und Kinder kriegen? Mir ging so viel durch den Kopf. Zuerst einmal die Fakten: Ich hatte mich in Susi definitiv verliebt. Sie war eine tolle Frau, mehr als ein Fick oder ein Abenteuer. Ich wollte mehr von ihr. Sie war nicht gut im Bett. Ihr Handjob war genauso schlecht wie ihr Blowjob. Der Fick ging auf keine Kuhhaut.

Ihr Körper war teils Granate, teils abscheulich. Sie war ein psychisches Wrack. Aber sie liebte mich. Sie verehrte mich. Sie gab mir unendlich viel. Ich fühlte mich geborgen und wohl bei ihr. Das mit ihr beenden wollte ich nicht. Ich würde definitiv die 6 Monate auf sie warten und sie wiedersehen wollen. Andrea war viel besser im Bett als sie. Susi war dennoch eine echte Bedrohung für meine Ehe und Familie. Zum ersten Mal seit Melly hatte ich mich ernsthaft in eine andere Frau verliebt.

Wie würde ich mich entscheiden? Für oder gegen Susi? Andrea und Susi würde parallel nicht funktionieren. Zeitlich und organisatorisch nicht machbar. Andrea würde mich umbringen, sollte sie das je erfahren mit Susi. Meine Kinder würden mich hassen. Ich müsste blechen ohne Ende, an Andrea und für die Kids. Aber Susi einfach gehen zu lassen, war auch keine Option für mich. Ich musste Kontakt mit ihr halten und sie auf jeden Fall wiedersehen.

Nun gut, ich hatte 6 Monate Zeit, mir meine Gedanken zu machen und eine Entscheidung zu treffen. Ich erinnerte mich immer wieder zurück an Melly, meine erste und einzig richtig intensive Affäre, fast schon Parallelbeziehung zu Andrea. Auch damals eskalierte es fast und ich musste mich schließlich zwischen beiden entscheiden. Rückblick: Ich war auf dem Weg in mein Büro, da kam eine hübsche Blondine zu mir in den Fahrstuhl. Ich musterte sie.

Sie war nervös, etwas zittrig. Sie schaute in den Spiegel und richtete ihr Haar. „Keine Sorge, alles sitzt prima", eröffnete ich die Konversation. „Wie bitte?" schreckte sie auf. „Ihre Haare, alles ist in bester Ordnung, sieht gut aus", beruhigte ich sie. „Ah, danke", stammelte sie. „Kann ich Ihnen helfen?" „Ich habe einen Termin mit Herrn Müller, ein Bewerbungsgespräch." „Na, dann kommen Sie mal mit, ich bringe Sie hin."

Bot ich ihr an und führte sie ins Büro meines damaligen Chefs. Sie wurde eingestellt, und wenige Tage später startete sie bei uns. Als ich sie wiedersah, war sie überglücklich: „Ich habe es geschafft! Sie arbeiten auch hier, oder?" „Ja, schon seit einigen Jahren. Ich bin für die Produktion der TV-Shows zuständig." „Na, dann werden wir wohl öfter zusammenarbeiten", meinte sie grinsend. „Ich bin Melina, auch genannt Melly." Ich freute mich sehr.

Melina war 1,70 m groß und äußerst schlank. Sie hatte mittellange, blonde Haare und ein sehr hübsches Gesicht. In der Mittagspause erzählte sie mir einiges über sich: „Ich bin 24, habe nach der Schule eine Ausbildung zur Kamerafrau gemacht und arbeite seit 2 Jahren in der Branche. Ich möchte mal Regisseurin werden und große Filme produzieren." Ich informierte Melly über meinen beruflichen Werdegang und meine Aufgaben in der Firma.

„Da kann ich sicher voll viel von Dir lernen", strahlte sie mich an. Ich strahlte mit. Die nächsten Tage lernte ich Melly immer besser kennen. Wir verbrachten nicht nur Großteile unserer Arbeitszeit zusammen, sondern auch die Pausen. Wir verstanden uns gut und hatten einen identischen Humor. Melina wurde zu meiner Assistentin. Zusammen flogen wir nach Hamburg, um dort eine Produktion zu unterstützen.

Wir wohnten Hoteltür an Hoteltür, doch viel Zeit blieb uns erst mal nicht. Das Studio war 10 Minuten entfernt, die Kollegen erwarteten uns schon händeringend. Es war 21 Uhr, als wir uns auf den Weg zurück ins Hotel machten. „Puh, war das ein anstrengender Tag", jammerte Melly. „Ich habe Riesenhunger." „Ich auch. Komm, wir gehen essen." Das Hotelrestaurant war genau richtig. In einem netten, gemütlichen Ambiente ließen wir es uns schmecken.

Wir quatschten noch eine halbe Stunde, bevor wir uns verabschiedeten und auf unsere Zimmer gingen. Ich rief Andrea an, wir telefonierten über 20 Minuten. Dann legte ich mich aufs Bett und begann zu lesen, als es plötzlich an der Tür klopfte. „Wer ist da?" „Ich bin´s, die Melly." Ich öffnete. „Darf ich reinkommen?" „Klar", antwortete ich. Sie hatte ihren Laptop unter dem Arm und setzte sich auf mein Bett.

„Hast Du Lust, noch einen Film zu schauen? Ich habe einige gute auf dem Rechner." „Ja, gerne, was hast Du denn da?" „Die Batman Filme, die Scary Movie Reihe, andere Komödien ...". Weiter ließ ich Melly erst gar nicht reden. „Scary Movie ist cool!" „Lass uns den zweiten Teil schauen, den finde ich am geilsten", meinte sie und bereitete das Spektakel vor. Wir holten uns 2 Cola aus der Minibar und lümmelten uns aufs Bett.

Wir lagen nun nebeneinander und lachten ordentlich ab. Dieser Film ist hammerlustig. Dann kam die Szene, als der Typ und das Mädchen in der Eiskammer gefangen waren und er sie dazu bewegte, ihm einen runterzuholen. Sie wichste ihm die Nudel, bis er eine unrealistische Wahnsinnsladung abspritzte. Melly schaute mich während dieser Sequenz immer wieder an. Sie rückte auch immer näher an mich heran, wir hatten nun sogar schon Körperkontakt.

Als der Film zu Ende war, ließen wir die lustigsten Momente Revue passieren. „Als die Tussi dem Typ einen runterholte, da bin ich geil geworden", lachte Melly. „Ja, das war so krass, das muss man sich mal vorstellen. Der Kerl spritzt sie weg." „Weißt Du, auf was ich jetzt Lust habe?", fragte Melina mich mit einem verführerischen Blick. „Auf was?", fragte ich zurück. „Auf eine wohltuende Massage. Ich bin fertig, das war ein anstrengender Tag. Jetzt ein bisschen Entspannung und Zärtlichkeit, das wäre toll."

Ich überlegte kurz. Melly war eine tolle Frau, sie gefiel mir. Sex mit ihr konnte ich mir sehr gut vorstellen. Das einzige Problem sah ich darin, dass wir Kollegen waren und ich sie im Fall der Fälle nicht schnell loswerden konnte. Noch bevor ich ihr eine Antwort gab, zog sich Melly ihr T-Shirt und ihre Jeans aus und schmiss sich auf mein Bett. Da lag sie nun, halbnackt, nur mit einem schwarzen String-Tanga bekleidet.

Sie hatte einen wunderschönen Rücken, einen süßen Po und Beine wie eine Prinzessin. Ihr Kopf lag seitlich, ihre Augen waren geschlossen. Sie atmete ruhig und entspannt. Ich konnte nicht widerstehen. Ich holte Bodylotion aus dem Badezimmer und zog meine Jeans aus. In T-Shirt und Unterhose begann ich sanft ihren Körper zu massieren und zu kneten. „Oh, wunderschön", hauchte Melina mit engelszarter Stimme.

„Du kannst das voll gut." Ihr Rücken fühlte sich toll an, weich, warm und gesund. Je tiefer meine Hände arbeiteten, desto aufgeregter wurde ich. Wie gerne hätte ich Mellys Po berührt, doch ich traute mich nicht. Sie wusste, dass ich in festen Händen war, das blockierte mich. Nach einer halben Stunde setzte sich Melina auf, drehte sich oben ohne zu mir und sagte: „Das war eine superschöne Massage. Danke. Jetzt bist Du dran, verwöhnt zu werden."

Melina zog mir mein T-Shirt aus, ich legte mich hin und entspannte mich. Melly knetete und streichelte meinen Rücken und meine Beine zärtlich. „Und, gefällt Dir das?", fragte sie. „Ja, sehr", erwiderte ich. Dann kam es: „Du hast einen voll knackigen Po. Darf ich den auch massieren?" „Klar", antwortete ich. Schwupps, zog sie mir die Unterhose aus und betastete meinen Po. „Der fühlt sich gut an", lobte sie.

„So einen knackigen Arsch habe ich noch nie gesehen. Nicht einmal mein Freund hat so einen." Ich schluckte. „Du hast einen Freund?" „Ja, schon seit 3 Jahren. Wir sehen uns aber nur selten, da er bei der Bundeswehr arbeitet und viel unterwegs ist. So habe ich meine Freiheiten. Ich weiß, dass er mir nicht ganz treu ist, aber wer ist das schon." Recht hatte sie. Langsam wurde ich nervös, und zwar sexuell.

Mir war klar, dass Melly mehr wollte. „Kannst Du Dich erinnern, was das Mädel mit dem Typen im Film machte?", fragte sie mich. Ich wusste genau, was sie meinte, ihre rhetorische Frage war klar zu durchschauen, aber ich stellte mich blöd. „Was meinst Du genau?" „Na, wie sie ihm einen runterholte." „Ja", erinnerte ich mich. „Wenn Du willst, mache ich das auch bei Dir." Pause.

Ich blickte über meine Schulter nach hinten und sah ihr süßes Gesicht, ihre Brüste und ihren sexy Körper. Melly lächelte mich an. Ich drehte mich um, schloss meine Augen und ließ sie machen. Melina streichelte meinen Oberkörper, dann wanderten ihre Hände tiefer, bis sie an meinem mittlerweile vollsteifen Penis ankamen. Mit ihren cremigen Fingern umkreiste sie ihn sanft und spielte mit meinen Eier-Hoden, bis sie ihn endlich in die Hand nahm und mit ihrer linken Faust entschieden umfasste.

Ich stöhnte laut auf, es fühlte sich umwerfend an. Melina grinste die ganze Zeit, es schien ihr wahnsinnig zu gefallen. Während sie mit ihrer rechten Hand meinen Traumkörper liebkoste, machte ihre linke Hand ernst und wichste meinen Schwi-Schwa-Schwanz auf und ab – mal schnell, mal langsam. Nach 4 Minuten spürte ich den Orgasmus kommen. Ich hatte keine Chance, ihn hinauszuzögern, dazu war alles zu geil. Hoch spritzte ich, sehr hoch.

Meine erste Ladung ging in Mellys Gesicht, aber das störte sie nicht. Sie wichste brav bis zum Ende und presste die letzten Samentropfen aus mir heraus. Mir drehte sich alles. Was für ein Handjob, dachte ich. Es war mega! Genüsslich leckte Melly das Sperma von meinem Bauch und kuschelte sich eng an mich. Ich genoss Mellys warme Wärme und ihre Umarmung. „Du bist echt heftig gekommen, Du hast genauso wild gespritzt wie der Kerl im Film", prustete sie los.

Ich lachte mit. „Du hast es verdammt gut gemacht." Wir schauten uns in die Augen und küssten uns. Sehr zärtlich, sehr romantisch. So küsste ich eigentlich nur Andrea. Mir war klar, dass Melly etwas Besonderes war. Den nächsten Tag konnten wir kein Auge voneinander lassen. Als wir mit der Arbeit fertig waren, stürmten wir ins Hotel und hatten zum ersten Mal richtigen Sex miteinander. Melinas Muschi war unglaublich schön. Ein schmaler Schamhaarstrich führte von ihrem Venushügel zu ihrer Klitoris.

Wir streichelten uns ewig, bis ich in sie eindrang. Wir hatten sehr zärtlichen und gefühlsintensiven Sex, zuerst in der Missionarsstellung, dann Doggy Style, zu guter Letzt in der Reiterstellung. Melly erreichte ihren Höhepunkt mit einem lauten Stöhnen, ich folgte kurz darauf. Mein Smartphone klingelte: Andrea. „Hallo Schatz, wie geht´s Dir?", begrüßte sie mich voller Freude. „Gut, und Dir?", antwortete ich.

Melly saß neben mir auf dem Bett, nackt, und hörte zu. Andrea erzählte mir von ihrem Tag und wollte wissen, wie es bei mir war. „Viel Arbeit, aber alles geschafft. Das sind echt Pfeifen hier, haben von Tuten und Blasen keine Ahnung", meckerte ich. „Gleich gehe ich etwas essen und mache mir dann einen ruhigen Abend.

Ich lese das Buch, das Du mir geschenkt hast. Sehr spannend." Ich wünschte Andrea eine gute Nacht und schickte ihr viele Küsse durchs Telefon. „Das war also Deine Andrea?", fragte Melina. „Ja", bestätigte ich. „Und Du liebst sie sehr, oder?" „Ja." „Du möchtest mit ihr alt werden?" „Ja." „Sie muss eine glückliche Frau sein, Dich als Freund zu haben.

Mein Freund ist zwar auch ganz in Ordnung, aber wenn ich die Wahl hätte zwischen Dir und ihm, ich würde mich sofort für Dich entscheiden." Sie küsste mich. „Danke, dass Du leise warst und mich nicht verraten hast", sagte ich. „Ist doch selbstverständlich, dass ich Dir da nichts kaputt mache. Wir können ja auch so unseren Spaß haben, oder?", fragte Melly mich mit einem sehr verführerischen Blick. „Klar", antwortete ich.

„Davon darf Andrea nichts wissen, sie darf es niemals erfahren, verstanden?" „Logisch, das bleibt unser Geheimnis." Nach dem Essen war erneut Sex angesagt. Melly zog mich aus und küsste meinen Oberkörper. Sie saugte an meinen Brustwarzen, bis diese hart waren. Dann glitten ihre Hände und Lippen immer tiefer, während ich immer geiler wurde. Schließlich war Melina da, wo sie sein sollte: an meinem Schwanz. Sie nahm ihn in den Mund und verschluckte ihn voll. „Deep Throat" wird so etwas in Pornos genannt.

Mit ihren zart-roten Lippen übte sie einen ordentlichen Druck auf meine Vorhaut aus, was mich sehr erregte. Lange, tiefe Züge, dann kurze, schnelle. Melina machte mich wahnsinnig. Mehrmals stoppte ich sie, sonst wäre ich viel zu früh gekommen. Dann aber ließ ich mich gehen. „Jetzt gleich!", stöhnte ich laut, was für Melly das vereinbarte Zeichen war, den Job mit der Hand zu beenden.

Während ich heftig abspritzte, leckte sie meine Eier und bekam einiges von meinem Samen ab, der in ihrem Haar, auf ihrer Stirn und an ihrer rechten Wange landete. Es war ein Hammerorgasmus! Zur Belohnung leckte ich Melinas saftige Pussy, bis sie bebend zu ihrem Höhepunkt kam. Am nächsten Tag sah ich Andrea wieder. Alles war wie immer, doch tief in meinem Herzen spürte ich etwas für Melly, Gefühle, die da eigentlich nicht sein durften. Hatte ich mich in sie verliebt? Nein, sicher nicht. Oder vielleicht doch? Ich war durcheinander.

Die 3 Tage mit Melly waren superschön gewesen. Ich freute mich schon auf Montag und darauf, sie wiederzusehen. Das Wochenende mit Andrea war leider etwas anstrengend. Andrea wollte unbedingt einen Ausflug an den Chiemsee unternehmen. Ich aber wollte lieber zu Hause bleiben und Musik machen. Ich spiele 4 Instrumente: Klavier, Gitarre, Schlagzeug und Bass. Ab und zu möchte ich abschalten, das geht mit Musik am besten. Doch Andrea ließ nicht locker und überredete mich schließlich zu dem Trip.

Ich war genervt und fügte mich meinem Schicksal. Viel lieber wäre ich jetzt bei Melly, dachte ich mir während der staureichen Fahrt. Dieser Wunsch wurde am Montag wahr, als ich die Süße wiedersah. Andrea hatte gerade viel Stress und war nicht einfach handzuhaben. Umso mehr freute ich mich auf den lockeren Umgang mit Melina. Wir arbeiteten nun täglich zusammen, ich organisierte meine und ihre Projekte so, dass sie immer bei mir war.

Ich liebte Andrea sehr, doch mir war klar, dass Melly mir auch sehr viel bedeutete. Ich wollte unbeschwingt Zeit mit ihr verbringen, tollen Sex mit ihr haben, mit ihr lachen und sie besser kennenlernen. Aber wie sollte das funktionieren? Ich war in einer festen Beziehung, die ich nicht beenden wollte. Die nächsten Wochen war ich hin und her gerissen. Klar hatte Andrea Priorität, aber ich nutzte jede Chance, um Zeit mit Melly zu verbringen, auch Freizeit.

Andrea erzählte ich von Geschäftsessen oder Meetings und war dann 2-3 Stunden bei Melly. Andrea schöpfte nie Verdacht, sie vertraute mir voll und ganz. Es pendelte sich ein, dass ich 2-3 Mal wöchentlich kurz bei Melina war und wir Sex hatten. Ich merkte, dass sich die Beziehung mit Andrea verändert hatte. Es war deutlich mehr Stress in unserem Alltag und Umgang miteinander, wir waren gereizter und blökten uns sogar an.

Das durfte nicht sein. Was war los? War Melly daran schuld? Oder ich? Ich wusste es nicht, doch ich war auch nicht gewillt, mir darüber Gedanken zu machen. Arbeit, Melly, Andrea – das war der Ablauf, an den ich mich gewohnt hatte. Andrea durfte nichts von Melly erfahren, und Mellys Freund nichts von mir. Ich lebte groß- und zweispurig.

Ich entfernte mich immer weiter von Andrea und genoss immer intensiver die Romanze mit Melly. Ich organisierte sogar einen Kurzurlaub mit Melly in Paris, den ich Andrea als Arbeitstrip verkaufte. Melinas Freund machte auch keine Probleme, da sie ihm dieselbe Story erzählte. Dann kam der Tag, der mir die Augen öffnete. Rainer, mein bester Freund, stand heulend bei mir im Büro.

Er erzählte mir, dass seine Frau Doro sich von ihm getrennt hat, und das nach 5 Jahren. Rainer war ein Playboy wie ich und hatte auch mal hier und da was am Laufen. Aber dass er eine Affäre über 6 Monate hatte, wusste ich nicht. Als er immer weniger Zeit für seine Frau hatte und kaum noch zu Hause war, wurde sie misstrauisch und spionierte ihm nach. Sie erfuhr von seinem Zweitleben, zog sofort aus der gemeinsamen Wohnung aus und verließ Rainer gnadenlos.

Rainer war fertig und am Boden zerstört. Ich kümmerte mich um ihn und beruhigte ihn so gut ich konnte. Als er weg war, wurde ich nachdenklich. Was wäre, wenn mir dasselbe passiert? Ich öffnete die oberste Schublade meines Schreibtisches und holte ein Fotoalbum von Andrea und mir heraus. Ich schaute mir die Fotos an und begann zu weinen. Vor Rührung, vor Freude, so eine tolle Frau an meiner Seite zu haben. So oft war ich ihr fremdgegangen, nie hatte sie etwas gemerkt.

Nun die Sache mit Melly, die aus dem Ruder gelaufen war. Ich musste eine Entscheidung treffen: Melly oder Andrea. Auf der einen Seite stand meine bessere Hälfte Andrea, die ich von ganzem Herzen liebte. Wir waren zu diesem Zeitpunkt 2 Jahre zusammen und ich war sehr glücklich mit ihr. Unsere Beziehung hatte sich durch Melly ein wenig verändert, sie war schwieriger geworden, doch sie hielt der Belastung stand und ich freute mich immer, bei ihr zu sein.

Der Sex mit Andrea war toll. Sie war die Frau, mit der ich alt werden wollte. Auf der anderen Seite stand meine Geliebte Melly, die für mich mehr war als irgendein Fick. Wir hatten nun schon knapp 6 Monate etwas – ein Wunder, dass wir das so lange vor unseren Partnern verheimlichen konnten. Melly brachte mich zum Lachen, ich fühlte mich wohl bei ihr, unser Sex war super, wir hatten viel Spaß zusammen.

Aber mehr als eine Affäre würde sie wohl nie werden. Sie heiraten? Nein. Eine Familie mit ihr gründen? Nein. Melina war etwas für eine Phase in meinem Leben. Ich hatte mich in sie verknallt und den Übermann gespielt, dabei den Boden unter den Füßen verloren und gedacht, das könne schön so weitergehen, das Lotterleben. Mir war klar, dass ich mit diesem Doppelleben aufhören musste. Mir war auch klar, dass ich eine der beiden Frauen verlieren würde.

Andrea wollte ich unter keinen Umständen verlieren, also stand für mich fest: Ich musste leider das mit Melly beenden. Am nächsten Tag nahm ich mit Melly die Henkersmahlzeit ein. Ich druckste herum: „Du, ich muss Dir etwas sagen." „Ich Dir auch", schoss es aus Melly heraus. Was dann kam, haute mich um. Melina lächelte mich an: „Ich habe mich in Dich verliebt und möchte fest mit Dir zusammen sein." Um Himmels Willen! Schlimmer kann es ja nicht kommen, dachte ich.

„Aber das geht nicht, wir beide haben feste Partner", versuchte ich ihr diesen Gedanken auszutreiben. „Dann verlassen wir sie eben", konterte sie. „Du liebst Andrea doch kaum noch, Du verbringst mehr Zeit mit mir als mir ihr. Und mein Freund ist auch nicht der, den ich will. Ich möchte Dich." „Aber das geht nicht." „Und warum nicht? Mach Schluss mit Andrea und lass uns zusammen glücklich sein."

„Ich kann aber nicht", meinte ich. „Ich will die Andrea nicht verlieren, und so weitermachen kann ich auch nicht." Melly schaute mich ernst an. „Soll das heißen, dass Du mir den Laufpass gibst? Dass es aus ist?" Ich nickte. Ich versuchte ihr, meinen Standpunkt und meine Situation zu erklären, doch das interessierte Melly herzlich wenig. Sie stand auf und verließ wütend und mit Tränen im Gesicht das Restaurant.

Ich fühlte mich schuldig und zitterte am ganzen Körper. Das Essen ließ ich stehen, der Appetit war mir vergangen. Die nächsten Tage sprach Melly kein Wort mehr mit mir. All meine Versuche, ein vernünftiges Gespräch mit ihr zu führen, blockte sie eiskalt ab. Dann erfuhr ich, dass sie zum Monatsende hin gekündigt hatte. Nach nur 6 Monaten in der Firma. Ich war schockiert. „Warum?", fragte ich Melly. „Warum gehst Du?" „Wegen Dir", war ihre trockene Antwort.

„Was ist denn so schwer daran, vernünftig und in Ruhe über alles zu sprechen?", wollte ich wissen. „Es hätte so schön mit uns werden können, aber Du hast alles versaut", schoss sie zurück und ging. Gut, vielleicht ist es besser so, dachte ich. Ein paar Tage später mussten wir nach Zürich – es sollte unser letzter gemeinsamer Trip werden, zum Glück wurde es ein versöhnlicher Abschied.

Ein 3-tägiges Projekt erwartete uns. Während der Fahrt schwiegen wir uns an. Ich hatte nicht den Mut, über uns zu sprechen, und Melly tat so, als würde sie schlafen. Am Abend, nach erledigter Arbeit, klopfte es an meine Hoteltür. Ich öffnete, es war Melly. „Darf ich reinkommen?", fragte sie mit gesenktem Haupt. „Äh, klar", antwortete ich etwas überrascht. Noch bevor ich die Tür schließen konnte, umarmte mich Melly und drückte mich fest an sich. Sie weinte. Ich tröstete sie und streichelte ihr über den Kopf.

„Das ist alles furchtbar", begann sie. „Ich wollte doch auch nicht, dass es so kommt, aber es ist passiert." „Was meinst Du?", fragte ich mit sanfter Stimme. „Dass ich mich in Dich verliebe", schluchzte sie. Als sich Melly beruhigt hatte, setzten wir uns aufs Bett und besprachen die Lage. Melina entschuldigte sich für ihr ablehnendes und strafendes Verhalten mir gegenüber, ich entschuldigte mich für das Zerstören ihrer Hoffnung.

„Wir beide haben Fehler gemacht und so viel riskiert", sagte ich, „fast zu viel. Wenn wir jetzt damit aufhören, können wir das retten, was uns wichtig ist." „Bin ich Dir denn überhaupt nicht wichtig?", wollte sie wissen. „Doch, Melly, Du bist mir sehr wichtig, Süße, das weißt Du", beruhigte ich sie. „Ich würde mich verdammt gerne weiter mit Dir treffen und Sex mit Dir haben, aber das geht nicht."

Ich erzählte Melina die Geschichte von meinem Kumpel Rainer, und sie begann zu verstehen. „Manchmal im Leben gibt es Entscheidungen, die getroffen werden müssen, selbst wenn sie einem wahnsinnig schwerfallen. Das ist so eine. Ich liebe Andrea wirklich. Wenn ich sie verliere, weiß ich nicht, was mit mir passieren würde. Verstehst Du?" Melina nickte. „Bei mir ist alles durcheinander. Mit Patrick läuft es nicht optimal. Das mit Dir war so wunderschön, das wollte ich haben.

Du bist ein toller Mann, ich würde alles für Dich tun, sogar Patrick verlassen. Aber wenn Du keine Beziehung mit mir willst, dann muss ich das wohl akzeptieren." Ich fragte Melly, ob ihre Kündigung endgültig sei, was sie bestätigte. Sie hatte schon ein paar vielversprechende Vorstellungsgespräche organisiert. Sorgen um ihre Zukunft musste sie sich nicht machen. Sie war gut, zuverlässig, kompetent und intelligent.

„Dann werden wir uns ab nächster Woche wohl nicht mehr sehen", meinte sie mit leiser, rotziger Stimme. „Ja, sieht so aus", bestätigte ich ebenso leise und rotzig. „Und zum Abschied, wollen wir uns da nicht doch noch richtig liebhaben, was meinst Du?" Ich schaute Melly fragend an. „Ich möchte Dir zum Abschied noch einmal ganz nah und glücklich mit Dir sein." „Einverstanden", sagte ich, „aber Du weißt, dass es danach vorbei ist." „Ja."

Ich nahm Melly in meinen Arm, wischte ihr die Tränen aus dem Gesicht und küsste sie zärtlich auf ihren Mund. Sie erwiderte den Kuss und legte meine Hand in ihren Schoß. Die Zärtlichkeiten gingen in ein heißes Liebesspiel über, das mit geilem Sex und krönenden Höhepunkten auf beiden Seiten endete. Es war so schön, so vertraut. Melly war glücklich, sie lächelte mich an und drückte mich fest an sich. „Ich werde Dich so vermissen", flüsterte sie mir ins Ohr.

„Ich Dich auch", gestand ich. Wir küssten und schliefen Arm in Arm ein. Die nächsten 2 Tage vergingen wie im Flug. Wir arbeiteten, hatten tollen Sex und genossen die finalen Zärtlichkeiten, die wir uns geben durften. Die letzte Nacht mit Melly war wunderschön. Wir kuschelten ganz eng, Tränen flossen. Auch für mich war es schwer, Abschied zu nehmen, ich hatte mich an Melly gewöhnt und fühlte mich sehr wohl mit ihr.

„Meine Süße, ich wünsche Dir alles Gute. Es war toll mit Dir. Danke für alles!" Wir küssten uns ein letztes Mal. Melly arbeitete noch 3 Tage bei uns, dann war sie weg. Genau diese Erinnerung belästigte mich nun täglich. Ich ging tief in mich und versuchte, mir über meine Gefühle in Sachen Susi klar zu werden. Doch ich fand keine Lösung für das Dilemma. Langsam näherte sich der Tag von Susis Rückkehr. Ein halbes Jahr war vergangen.

Ich hatte in dieser Zeit viele andere Frauen gevögelt und meinen Spaß gehabt, doch mein Kopf weilte – neben Andrea – immer bei Susi. Ich holte sie vom Flughafen München ab. Als ich Susi wiedersah, war mir klar: Dies ist eine Superfrau! Susi kam strahlend auf mich zugestürmt und zerdrückte mich fast. Ihre beste Freundin busselte mich auf die Wangen und erlebte live mit, wie wichtig wir uns waren. Ich war überglücklich, meine Susi wiederzuhaben.

Ich fuhr beide Mädels nach Hause, musste aber wieder in meine Firma, um den Schein zu wahren. Am Folgetag war ich am frühen Nachmittag bei Susi. Sie wollte zuerst Sex. Ich auch. Susis Körper war braun gebrannt und heiß. Doch leider war sie sexuell immer noch verstört. Ich musste ganz vorsichtig sein und durfte beim Ficken nicht über den ersten Gang hinaus schalten. Dann ritt sie wieder seltsam auf mir, doch es reichte locker, um mich zum Orgasmus zu bringen.

Ich war glücklich, diesen Engel wieder bei mir zu haben. So entwickelte sich das weiter. In den nächsten Wochen verdrängte ich jegliche Moral. Ich genoss jede freie Minute mit Susi und entschuldigte meine „verlängerten Arbeitstage" meiner Andrea mit „enorm viel Stress und Personalmangel".

Der Sex mit Susi wurde aber leider nicht besser. Ich gab mir größte Mühe, ihren Wünschen zu entsprechen, und sie gab sich größte Mühe, ihre Traumata abzulegen, doch richtig genießen konnten wir es trotzdem nicht. Und doch wurde mir klar: Ich liebte diese Frau. Sehr. In einer ruhigen Minute zog ich Bilanz. Ich musste herausfinden, wie es weitergehen sollte. Also erstellte ich eine Pro-Liste und eine Kontra-Liste.

Pro Andrea:
- Sie ist meine Ehefrau
- Wir sind schon 18 Jahre glücklich zusammen
- Wir haben 2 wundervolle Kinder
- Ich liebe sie über alles
- Sie liebt mich über alles
- Mit ihr will ich alt werden
- Der Sex mit ihr ist nach wie vor super

Pro Susi:
- Ich liebe sie.
- Ich verbringe supergerne und superschöne Zeit mit ihr

(obwohl der Sex mit ihr nicht so doll ist, sie traumati-
siert und teilverätzt ist)
- Ich kann mir vorstellen, Kinder mit ihr zu haben
Ich musste einfach einsehen: Die Pro-Liste für Andrea war länger und aussagekräftiger. Somit müsste ich mich wohl für meine
Gattin und meine Kids entscheiden. Ich schlief ein paar Nächte
darüber und vertagte die Entscheidung weiter. Und da stehe ich
heute noch: Ich führe immer noch eine geheime Beziehung mit
Susi neben meiner offiziellen, langjährigen Beziehung mit Andrea.

Susi drängt mich zum Glück nicht, sondern lässt mir alle Zeit der Welt. Ich kann natürlich nicht bei ihr nächtigen und
habe immer nur begrenzte Zeitfenster zur Verfügung, aber das
lässt sich gut planen. In Kürze machen wir 7 Tage gemeinsamen
Urlaub. Andrea denkt, es ist ein Geschäftstrip nach Italien. Ist es
ja auch, aber genau genommen habe ich dort nur 2 Meetings in
7 Tagen, den Rest mache ich Urlaub mit meiner Geliebten Susi.
Ich weiß nicht, wie das alles weitergehen soll. Irgendwann muss
ich mich entscheiden zwischen Andrea und Susi.

Je mehr Zeit ich mit Susi verbringe, desto schwerer fällt
mir die Entscheidung gegen sie. Aber auch meine Ehefrau Andrea kann ich nicht absägen, zumal da auch meine geliebten Kids
dranhängen, mein Haus, mein ganzes Leben. Ach, was weiß ich.
Vielleicht sollte ich auch einfach mit Susi durchbrennen und ein
neues Leben starten. Finanziell würde mich die Trennung von
Andrea aber verdammt viel Kohle kosten. Und Andrea als Fein-
din ist keine gute Idee.

Lieber Gott, bitte schenke mir die Erleuchtung, wie ich
handeln soll. Welche Frau ist die Richtige für mich? Egal, wie
ich mich entscheide, mein Womanizer-Leben werde ich weiter
fortführen. Nebenher in den Betten anderer, geiler, junger Frau-
en, stets auf der Suche nach einem frischen Kick und einem geilen Fick!

Buch-Tipps vom Womanizer

The Womanizer
Ich, der Fremdgeher 1
Die Abenteuer des Womanizers

Sex, Erotik, Liebe, Lust und geile Leidenschaft – dies ist die spannende Geschichte, die Autobiografie des Womanizers, eines Mannes, der seinem Leben keine Grenzen setzt und sich alle sexuellen Wünsche und Träume erfüllt. Obwohl er glücklich in einer Beziehung mit seiner Freundin Andrea ist, die er auch wirklich liebt, gönnt er sich alle Freiheiten, um das zu genießen, wovon andere Männer nur träumen. Er erlebt fantastische Abenteuer ebenso wie böse Reinfälle, heiße Affären, Sex mit 3 Frauen gleichzeitig, Erpressung, Glück und Leid in Beziehung und One Night Stands.

Erfahren Sie mehr über den Mann hinter der Womanizer-Maske und sein Leben. Fantasien werden Wirklichkeit, Wünsche wahr. „Ich, der Fremdgeher 1" ist ein hochexplosives und spannendes Werk, das den Leser fesselt, anregt und erregt. 63 Kapitel voller Sex, Lust und Leidenschaft. 200 Seiten pure Erotik. Doch auch Schuld und Moral spielen eine Rolle. Immer wieder hinterfragt der Womanizer sein schändliches Treiben und will seiner Freundin treu bleiben, doch die Lust ist zu groß und die weiblichen Reize sind zu stark ... und so stürzt er sich ins nächste Abenteuer. Ein Buch, über das Sie noch lange sprechen werden!

ISBN 978-3-8423-2186-1
Books on Demand

Buch-Tipps vom Womanizer

The Womanizer
Ich, der Fremdgeher 2
Neue Abenteuer des Womanizers

Dies ist Teil 2, die Fortsetzung der spannenden Lebensgeschichte des Womanizers, eines Mannes, der seinem Dasein keinerlei Grenzen setzt und sich all seine sexuellen Wünsche und Träume erfüllt. Obwohl er mittlerweile glücklich verheiratet und stolzer Vater eines Sohnes ist, gönnt er sich die Freiheiten, um das zu genießen, wovon andere Männer träumen. Er erlebt fantastische Abenteuer ebenso wie böse Reinfälle, heiße Affären, Glück und Leid in Beziehung und One Night Stands. Erfahren Sie alles über den Mann hinter der Maske und sein geniales Leben. Fantasien werden Wirklichkeit, Wünsche wahr.

„Ich, der Fremdgeher 2" ist ein explosives Werk, das den Leser fesselt, anregt und erregt. 35 Kapitel voller Sex, Liebe und Leidenschaft, 200 Seiten pure Erotik, das ist die fantastische Welt des Womanizers. Doch auch Schuld und Moral spielen eine Rolle. Immer wieder hinterfragt er sein Treiben und will seiner Ehefrau Andrea treu bleiben, doch die Lust ist zu groß und die weiblichen Reize sind zu stark ... und so stürzt er sich ins nächste Abenteuer. Die fantastische Fortsetzung von „Ich, der Fremdgeher 1". Ein Buch, das Sie nicht mehr loslassen wird, denn tief in Ihnen stecken auch der Trieb, die Lust und die Gier auf die Erfüllung all Ihrer sexuellen Wünsche und Fantasien.

ISBN 978-3-8448-7446-4
Books on Demand

Buch-Tipps vom Womanizer

The Womanizer
Ich, der Fremdgeher 3
Die letzten Geheimnisse des Womanizers

Dies ist Teil 3 der legendären Biografie über das Leben und das Wirken des Womanizers, eines Mannes, der sich trotz hübscher Ehefrau und zweier wundervoller Kinder außertourlich all seine sexuellen Wünsche und Träume erfüllt. Dabei erlebt er das, wovon andere Männer nur träumen. Diesmal: Sex mit den blutjungen Animateurinnen Grit und Hanna, krasse Abenteuer in der Glory Hole Bar, eine heiße Romanze mit PR-Lady Ella, der fantastische Vierer mit den US-Girls Chloe, Madison und Stella, Kindermädchen Magdalena auf Extratour, Erotikmassagen der göttlichen Luisa, Jugenderinnerungen an Raliza, Techtelmechtel mit Praktikantin Aiko, Reinfall mit Frauke, Oh Julia, Andreas geheime Kiste, Ü-50erin Sabrina, Playboy-Lifestyle mit Hostessen Torrie und Whitney, die scharfe Kerstin, und vieles mehr.

„Ich, der Fremdgeher 3" ist ein explosives und reizvolles Werk, das den Leser fesselt, anregt und erregt. 34 Kapitel voller Sex, Liebe und Leidenschaft, 200 Seiten pure Erotik, das ist die extravagante Welt des Womanizers. Die geile Fortsetzung von „Ich, der Fremdgeher 1 & 2". Ein Buch, das Sie nicht mehr loslassen wird, denn tief in Ihnen stecken auch der Trieb, die Lust und die Gier auf Erfüllung all Ihrer sexuellen Fantasien.

ISBN 978-3-7460-1524-8
Books on Demand

Buch-Tipps vom Womanizer

The Womanizer
Ich, der Fremdgeher 4
Kostbare Perlen des Womanizers

Mein Leben ist ein Traum! Attraktiv, gesund, glücklich verheiratet, Vater zweier wundervoller Kids, erfolgreicher Businessmann, Top-Verdiener, dazu Dauergast in den Betten hübschester Ladies. Das bin ich, der Womanizer! In meiner Biografie „Ich, der Fremdgeher" haben Sie in den Teilen 1-3 alles über mich, mein Leben, meine Fantasien und meine Taten erfahren. Mein Wirken auf der Überholspur ist grandios. Alle Männer wären gerne wie ich. Über 1.500 Frauen habe ich im Bett gehabt, und es werden immer mehr. Ich weiß, mit welchen Tricks ich geile Frauen um den Finger wickeln muss, um von ihnen das zu bekommen, was ich möchte: Sex! Und genauso weiß ich, mit welchen Schlichen ich das alles meiner Gattin Andrea verheimlichen kann.

Für Band 4 habe ich in meiner Schatzkiste gegraben und präsentiere kostbare Perlen des Womanizers: Bezaubernde Damen, mit denen ich heiße Stunden, Tage oder mehr erlebt habe. Von meinen wilden 20ern bis jetzt Anfang 40 habe ich eine knisternde Auswahl zusammengestellt, die Lust auf mehr macht. Möge mein Lebensstil Sie beflügeln, Ihnen Mut schenken und Sie anspornen, es mir gleich zu tun. Denn Frauen sind dazu da, gevögelt zu werden und den Mann sexuell glücklich zu machen. Nutzen Sie Ihren Schwanz und geben Sie ihm, was er braucht: Eine hübsche Lady nach der anderen! Ich wünsche Ihnen viel Spaß mit meinen kostbarsten Perlen, von geilen ONS bis hin zu Sex mit 3 girls on fire. Und vieles, vieles mehr!

ISBN 978-3-7481-4685-8
Books on Demand

Buch-Tipps vom Womanizer

The Womanizer
Ich, der Fremdgeher 5
Heroische Erlebnisse des Womanizers

Heroische Erlebnisse sind es, die ich Ihnen diesmal präsentiere. Dies ist der 5. Band meiner Reihe „Ich, der Fremdgeher". Und immer noch gibt es spannendes Neues zu berichten, der Stoff geht mir nie aus. Wetten sind etwas Geiles, denn mit ihnen kann man Frauen gewinnen und gefügig machen. Auch MILF (Mothers I´d like to fuck) sind etwas Besonderes, da sie meist doppelt hot sind auf ein sündhaftes Abenteuer. Diese beiden Themen bilden den Schwerpunkt des Werkes. Ich bin der legendäre Womanizer. Ach, was habe ich schon gevögelt in meinem Leben! Über 1.500 Ladies sind es bisher, und es werden weiter mehr. Die 2.000 sind knackbar! Und auf welche schönen Momente ich zurückblicken kann: Viele Highlights davon haben Sie bereits gelesen, andere erfahren Sie nun.

Trotz hübscher Gattin und glücklichem Vatersein ist Leben für mich mehr als Familie: Leben ist für mich SEX! Abenteuer! Lust! Trieb! Leidenschaft und Liebe! One Night Stands! Spaß haben und alles mitnehmen, was geht. Bereut habe ich bisher nichts. Ich lebe das Leben, das ich liebe. Auf der Überholspur, in den Betten hübscher Frauen. In diesem 200-Seiter machen wir eine Zeitreise vom jungen Womanizer bis hin zum heutigen Womanizer. Ich schenke Ihnen heißeste Sex-Abenteuer und heroische Erlebnisse meiner Person, die Sie noch nicht kennen, aber nach dem Lesen nicht mehr missen wollen. Tanken Sie Mut und versuchen Sie mir nachzueifern, denn das Leben kann so verdammt geil sein!

ISBN 978-3-7494-1985-2
Books on Demand

Buch-Tipps vom Womanizer

The Womanizer
Ich, der Fremdgeher 6
Das Ende des Womanizers?

Ist dies das Ende des Womanizers? Tja, meine lieben Freunde der Sonne, vielleicht ist das wirklich der letzte Vorhang, der für mich fällt. Meine Frau Andrea hat ein Ehe-Break gefordert. Sie braucht eine Auszeit, sagt sie, von mir. Aber nicht vom schönen Haus, das ich gekauft habe. Auch nicht vom guten Geld, das ich ihr jeden Monat überweise. Hat sie mich beim Fremdficken erwischt? Nein. Warum dann dieser krasse Schritt von ihr? Keine Ahnung. Frauen sind einfach unberechenbar! Ich muss ausziehen und schwebe in der beschissenen Ungewissheit, ob und wie es mit uns weitergeht. Die armen Kinder! Hat Andrea einen neuen Stecher oder Geldgeber? Geht sie mir fremd? Ich werde es herausfinden.

Gleichzeitig aber lebe ich mein Womanizer-Leben weiter. Jetzt erst recht! Ich poppe Immobilienmaklerin Heidi, gewinne die sexy Fitness-Polizistin Cornelia, verliebe mich in Nutte Agnes, erlebe geniale Erotikmassagen, treffe meine Jugendliebe Yasmin nach 20 Jahren wieder, habe geilen Gruppensex mit der 18-jährigen Daphne und ihren Busenfreundinnen, kämpfe mit der skrupellosen Laetitia um meine Firma, finde in meiner Angestellten Susanna eine heiße Bettgespielin, führe die sexuell blockierte Maren in meine hohe Kunst ein und genieße eine heiße Affäre mit der geheimnisvollen Tattoo-Frau Jacqueline. Aber: Kann ich meine Ehe retten? Wird Andrea ihren Irrsinn beenden? Ich werde alles dafür tun!

ISBN 978-3-7494-3590-6
Books on Demand

Buch-Tipps vom Womanizer

The Womanizer
Ich, der Fremdgeher 7
Comeback des Womanizers

Ich bin zum dritten Mal Vater geworden ... doch diesmal nicht mit meiner Gattin Andrea. Trotzdem: Welcome, Niklas! Bei der Fußball-Europameisterschaft lernte ich die Glatzenfrau Marlene kennen und feierte mit ihr den Sieg Deutschlands im Bett. In Amerika stieß ich auf die Geschäftsfrau Harper, die mich zuerst hasste, dann aber liebte. Kein Wunder, ich hatte sie dermaßen eifersüchtig gemacht mit den Diven Grace & Eleanor. Schließlich verfiel sie mir mit Haut und Haaren. Meine Grafikerin Antonia erlebte eine Ehehölle, ich half ihr raus. Als Dank bekam ich sie, doch leider war sie mir nicht gut genug im Bett. Die junge, bildhübsche Nele war unerreichbar für mich, da musste ich sie mir kaufen. 3.000 Euro war sie mir wert. Was ich dafür bekam? So einiges!

In Glasgow trieb ich es mit 9 Frauen gleichzeitig, ich war der Hahn im Kopf. Sexualtherapeutin Juna wollte meine Frage, ob ich sexsüchtig sei, ganz genau beantworten. Dazu musste ich einige Praxistests absolvieren. Rockige Jugenderinnerungen teile ich genauso mit Ihnen wie meine peinlichsten Sex-Momente, z.B. als ich bei der mysteriösen Alexis einfach nicht kommen konnte. Tja, Nobody´s perfect. Ein Highlight der letzten Zeit war die blutjunge Xandra, ein teures, aber geiles Geschenk des Himmels. Zu guter Letzt verliebte ich mich in Susi. Ich kannte sie seit vielen Jahren als Helferin in der Hautarztpraxis, doch erst Sansibar brachte uns zusammen. Ich liebe sie und führe aktuell 2 Beziehungen. Aber ich muss mich bald entscheiden: Andrea und meine beiden Kinder ... oder Susi.

ISBN 978-3-7543-5134-5
Books on Demand

Buch-Tipps vom Womanizer

The Womanizer
Sex Bomb
100 Tricks, Frauen ins Bett zu bekommen

DER PLAYBOY TRICK * DER PIANIST TRICK * DER FEUERWEHRMANN
TRICK * DER BABYSITTER TRICK * DER 6 RICHTIGE IM LOTTO TRICK *
DER BILLARD TRICK * DER MAGISCHE ZETTEL TRICK * DER KINO TRICK *
DER HUNDEHALTER TRICK * DER ROTE ROSEN TRICK * DER BARMANN
TRICK * DER ZAUBER TRICK * DER CHEFREDAKTEUR TRICK * DER JUNG-
FRAU TRICK * DER SPIONAGE TRICK * DER SCHLITTSCHUHLÄUFER TRICK
* DER PORNODARSTELLER TRICK * DER MASSEUR TRICK * DER VERFLOS-
SENEN TRICK * DER SCARY MOVIE TRICK * DER BUCHAUTOR TRICK *
DER FUSSBALLSPIELER TRICK * DER BLIND DATE TRICK * DER KOLLEGIN
TRICK * DER FOTOGRAF TRICK * DER GIPS TRICK * DER KONZERT TRICK *
DER WETTE TRICK * DER REPORTER TRICK * DER SAUNA TRICK * DER
KAMASUTRA TRICK * DER CHARLIE SHEEN TRICK * DER SCHLANGEN
TRICK * DER WETTBEWERB TRICK * DER AMATEURPORNO TRICK * DER
RESTAURANT CHEF TRICK * DER GEBURTSTAGSPARTY TRICK * DER UM-
ZIEH TRICK * DER SCHÖNE FRAU TRICK * DER SHOPPING TRICK * DER
CALLBOY TRICK * DER XXL-KONDOM TRICK * DER EBAY TRICK * DER
EBAY DELUXE TRICK * DER BETTENKAUF TRICK * DER POKER TRICK *
DER ANNA TRICK * DER MASKENBALL TRICK * DER EINKAUFS TRICK *
DER EX ONE NIGHT STAND TRICK * DER DJ KUMPEL TRICK * DER POR-
SCHE TRICK * DER BORDELL CASTING TRICK * DER BORDELL CASTING
DELUXE TRICK * DER SEXSHOP TRICK * DER STILLE TRICK * DER E-MAIL
TRICK * DER FACEBOOK PARTY TRICK * DER JOGGER TRICK * DER THER-
MEN TRICK * DER ROBINSON CLUB CAMYUVA TRICK * DER 25 ZENTIME-
TER TRICK * DER SALTO TRICK * DER TRAUM TRICK * DER COACHING
FÜR SINGLES BUCH TRICK * DER 5 DVDS ZUR AUSWAHL TRICK * DER
STRAPSE TRICK * DER MASSAGEKURS TRICK * DER VISITENKARTEN
TRICK * DER WITZE TRICK * DER TAGEBUCH TRICK * DER VIBRATOR
TRICK * DER SPIRITUELLE TRICK * DER TANZ TRICK * DER WELTREKORD
TRICK * DER POLEN TRICK * DER 10 MINUTEN TRICK * DER VERLASSE-
NEN TRICK * DER PFIFFIGE TRICK * DER SCHLAF MIT MIR TRICK * DER
SCHAUSPIELFREUNDIN TRICK * DER GANZKÖRPERMASSAGE TRICK * DER
FLOATING TRICK * DER ZUCKERWATTE TRICK * DER BUTLER TRICK *
DER KÄLTE TRICK * DER PROMIFOTO TRICK * DER STEWARDESS TRICK *
DER RETROSPEKTIVE TRICK * DER KUMPEL TRICK * DER CHEF TRICK *
DER KAJAK TRICK * DER SCHWESTER TRICK * DER WEIHNACHTSMANN
TRICK * DER PUTZFRAU TRICK * DER GESCHENK TRICK * DER SPRICH
MICH AN TRICK * DER SADOMASO TRICK * DER ZAHLEN TRICK * DER
SPEED-DATING TRICK

ISBN 978-3-8448-0574-1
Books on Demand

Buch-Tipps vom Womanizer

The Womanizer
Meine heißesten Sex-Abenteuer

The Womanizer präsentiert seine allerheißesten Sex-Abenteuer! Nach dem Erfolg seiner Bestseller „Ich, der Fremdgeher 1-6" ist dies ein weiteres Meisterwerk des Mannes, der über 1.500 Frauen im Bett hatte und als Casanova des 21. Jahrhunderts in die modernen Geschichtsbücher eingehen wird. Hierin schildert er seine geilsten Sex-Erlebnisse der letzten 10 Jahre seines aufregenden Lebens und Tuns: Barbara, Teresa, Mary, Iris, Tammy, Rimma, Caro, Lucy, Paula, Jenny, Gabi, Denise, Raliza, Katja, Angie, Anja, Jana, Celine und Alicia heißen die Damen, die The Womanizer für dieses Best of ausgewählt hat.

Jedes dieser Abenteuer zählt zu seinen Favourites. Tauchen Sie ein in die Welt und den Körper des Womanizers und erleben Sie mit ihm seine heißesten Sex-Abenteuer – live und hautnah, uncensored und geil, prickelnd und erlösend. Spüren Sie die Zärtlichkeiten, den Sex, die Erotik, die Lust und die Leidenschaft, die dieses Buch zu einem interaktiven Lesevergnügen machen. The Womanizer wünscht Ihnen viel Freude mit „Meine heißesten Sex-Abenteuer"!

ISBN 978-3-8448-1952-6
Books on Demand

Buch-Tipps vom Womanizer

The Womanizer
SEXSÜCHTIG!
(M)EINE FRAU IST NICHT GENUG

(M)EINE FRAU IST NICHT GENUG – das ist die Philosophie und das Lebensmotto des Womanizers! Nach vielen Bestseller-Büchern präsentiert der Playboy des 21. Jahrhunderts sein Werk „SEXSÜCHTIG!", in welchem er die wundervolle Beziehung zu seiner Ehefrau Andrea beschreibt und gleichzeitig über seine geilsten Seitensprünge intimst Auskunft gibt. Erfahren Sie mehr über den Mann, der schon über 1.500 Frauen im Bett hatte, und seine heißen Sex-Abenteuer mit Isabel, Simone, Carmen, Melly, Sandy, Samira, Michèle, Bianca, Lena, Silke, Lolita und Wendy.

Megaerotisch sind seine intimen Schilderungen von Liebe, Sex und Zärtlichkeit, Lust und Leidenschaft, Gier und Verlangen. (M)EINE FRAU IST NICHT GENUG – der Drang nach neuen Erfahrungen, nach jungen, schönen Körpern und tabulosen Mädels ist groß. Und die Mädels sind willig. The Womanizer nimmt sie gerne, aber nur die Besten! Und was die so alles können, erfahren Sie in diesem Buch!

ISBN 978-3-8482-0035-1
Books on Demand

Buch-Tipps vom Womanizer

The Womanizer
Sexy!
Memoiren eines Playboys

Tauchen Sie ein in eine Welt voller Lust, Leidenschaft, Sex und Erotik! The Womanizer präsentiert seine Memoiren und berichtet von seinen spannendsten Sex-Abenteuern mit blutjungen, bildhübschen 18-jährigen Mädchen bis hin zu 43-jährigen, reifen Damen. Sie alle sind ihm hilflos verfallen und finden einen Ehrenplatz in diesem Werk, das durch intimste Schilderungen und faszinierende Erlebnisse überzeugt.

„Sexy!" ist ein interaktives Lesevergnügen – der Womanizer erzählt seine Begegnungen hautnah und lebendig, als wären Sie persönlich dabei. Freuen Sie sich auf 24 Ladies und ihre Traumkörper, ihre Lust und Gier nach einem Mann, der sie glücklich macht. Anhand seiner orbitanten Leistungen ist The Womanizer zweifelsohne DER Playboy des 21. Jahrhunderts. Und nun viel Freude beim Lesen und Genießen dieses Buches!

ISBN 978-3-8482-0153-2
Books on Demand

Buch-Tipps vom Womanizer

The Womanizer
Verbotene Lust!
Sex ist mein Leben

In „Verbotene Lust!" führe ich Sie in meine geile Vergangenheit und präsentiere einige Raritäten und Perlen meiner sexuellen Lust. Da ich meine Abenteuer dokumentiere, weiß ich exakt Bescheid und kann detailgenau das schildern, was ich erlebe, wovon andere Männer nur träumen. Auch wenn diese Lust eigentlich „verboten" ist, so ist sie für mich normal. Ich sehe nichts Schlimmes daran, dass ich mich sexuell auslebe und mir meinen Spaß auch in anderen Betten hole. Ich verletze meine Ehefrau Andrea ja nicht, sie kennt halt nur nicht die volle Wahrheit. Und die wird sie auch nie erfahren.

Freuen Sie sich auf meine sexuellen Abenteuer mit der Therapeutin Silva, das Maskenball-Spektakel, den sensationellen Vierer mit Kylie, Nele und Helene, die Sex-Toy-Verkäuferin Cathy, die Praktikantin Kerstin, das 18-jährige Kindermädchen Magda, und auf vieles mehr. Sex ist mein Leben, daher werde ich stets die „Verbotene Lust" mitnehmen, leben und genießen, denn ich bin und bleibe The One & Only Womanizer!

ISBN 978-3-7460-4353-1
Books on Demand

Buch-Tipps vom Womanizer

The Womanizer
Meine besten Dreier
2 Ladies & The Womanizer

Was für viele Männer ein ewiger, unerfüllter Traum bleibt, ist für mich geile Realität: der sagenumwobene flotte Dreier! Ach, wie oft schon habe ich 2 Frauen gleichzeitig im Bett gehabt und sensationelle Stunden mit ihnen erlebt. Wenn auf einmal 4 Hände und 2 Münder loslegen und ihr Bestes geben, dann sieht man die Sterne funkeln. Nach meinen Verkaufsschlagern „Ich, der Fremdgeher 1-6" sowie diversen Specials ist es an der Zeit, der großen Nachfrage gerecht zu werden und den Spot auf meine besten Dreier zu lenken. Hier gilt das Gesetz: Wenn ich Gruppensex habe, bin ich der einzige Mann! Platz für einen zweiten Mann gibt es nicht. Und die Frauen, mit denen ich es treibe, müssen hübsch und geil sein. Sexhungrig und offen für alles.

Wenn meine geschätzte Frau Andrea von meiner Dreier-Leidenschaft wüsste, würde sie mich umbringen. Nun ja, einmal hat sie ja selbst mitgemacht, mit der süßen Lena. Dieser ganz besondere Dreier wird ausführlich im Werk behandelt und erhält als Abschlusskapitel den Ehrenplatz. Aber sonst bin ich für Andrea ein liebender, treuer und einfach der perfekte Ehemann und Partner. Bin ich ja auch, bis auf das mit der Treue ... Lassen Sie sich eines versichern: Wenn Sie bisher noch keinen Dreier mit 2 Frauen erlebt haben, dann haben Sie wirklich etwas Ultimatives verpasst!

ISBN 978-3-7528-3132-0
Books on Demand

Buch-Tipps vom Womanizer

The Womanizer
Geile 18
Jung, Schön, Sexy & Versaut

Die Zahl 18 ist eine magische, denn sie beschreibt die Eigenschaften, die mir an Frauen wichtig sind: Jung, Schön, Sexy und Versaut! Ich spreche von Göttinnen, die soeben die Grenze vom Mädchen zur Frau überschritten haben und sich in einem überaus reizvollen Alter befinden. Wenn ein Mädchen endlich volljährig wird, steht sie mir offen. Yeah! Ihre süßen, noch mädchenhaften Rundungen, ihr faltenfreier Körper, ihr unschuldiger Blick – all das verführt mich ungemein. Noch mehr verführen mich die 18-jährigen Luder, die es darauf anlegen. Die um geilen Analsex betteln, Fesselspiele beherrschen, Sperma genüsslich schlucken und genau wissen, wie sie mich befriedigen können. Die mit 18 bereits alle Tabus abgelegt haben, um im Bett ihre und meine Erfüllung zu erleben.

Als Mann Ende 30, mit der tollen Andrea verheiratet und Vater zweier wundervoller Kinder, als renommierter Produzent und Gutverdiener, ist es mir eine Ehre, auch heute noch mir das zu holen, was ich will. Sexuell. In meinem Leben habe ich bereits über 1.500 Frauen im Bett gehabt, davon waren sicher 100 dabei, die Sweet Little Eighteen waren. Aufgrund großer Nachfrage habe ich meine besten sexuellen Erlebnisse mit 18-jährigen Girls zusammengestellt. Und dabei festgestellt: Ein Buch reicht dafür nicht aus! Daher kündige ich jetzt schon eine Fortsetzung dieses Werkes an.

ISBN 978-3-7528-8060-1
Books on Demand

Buch-Tipps vom Womanizer

The Womanizer
Supergeile 18
So Jung, Schön, Sexy & Versaut

18 ist eine magische Zahl, denn sie beschreibt die Eigenschaften, die mir an Frauen wichtig sind: So Jung, Schön, Sexy und Versaut! Die Rede ist von Göttinnen, die soeben die Grenze vom Mädchen zur Frau überschritten haben und sich in einem überaus reizvollen Alter befinden. Wenn ein Mädchen endlich volljährig wird, steht sie mir offen. Yeah! Ihre süßen, noch mädchenhaften Rundungen, ihr faltenfreier Körper, ihr unschuldiger Blick – all das verführt mich ungemein. Noch mehr verführen mich die 18-jährigen Luder, die es darauf anlegen. Die um geilen Analsex betteln, das Fesselspiel beherrschen, Sperma schlucken und genau wissen, wie sie mich befriedigen können. Die mit 18 bereits alle Tabus abgelegt haben, um im Bett ihre und meine Erfüllung zu erleben.

Als Mann Ende 30, mit der tollen Andrea verheiratet und Vater zweier wundervoller Kinder, als renommierter TV-Produzent und Gutverdiener, ist es mir eine Ehre, auch heute noch mir das zu holen, was ich möchte. Sexuell. In meinem Leben habe ich bereits über 1.500 Frauen im Bett gehabt, davon waren sicher 100 dabei, die Sweet Little Eighteen waren. Aufgrund der großen Nachfrage habe ich meine besten sexuellen Erlebnisse mit 18-jährigen Girls zusammengestellt. Doch: Ein Buch reicht dafür nicht aus! Dies ist Teil 2, die Fortsetzung von „Geile 18"! Auf geht´s in einen supergeilen Liebesstrudel, denn sie sind So Jung, Schön, Sexy und Versaut!

ISBN 978-3-7528-2472-8
Books on Demand

Buch-Tipps vom Womanizer

The Womanizer
Meine aufregendsten One Night Stand
Frauen, die ich nie vergessen werde

Sex ist mein Leben! Über 1.500 Ladies zwischen 18 und 50 habe ich bisher im Bett gehabt. Als liebevolle Mutter meiner Kinder ist meine langjährige Partnerin und Ehefrau Andrea immer noch meine absolute Traumfrau, der Sex mit ihr ist toll. Dennoch, glücklich in Beziehung und erfolgreich im Beruf, wie ich es bin, brauche ich die Abwechslung im Bett. Damit meine ich aber nicht die Bettwäsche, sondern Damen. One Night Stands sind ein probates Mittel, um unverbindlich und fröhlich sein Vergnügen zu erzielen. Viel einfacher als eine Affäre.

Ich bin ein Profi, was One Night Stands angeht. Zu viele habe ich schon erlebt und erlebe sie weiterhin, dass ich genau weiß, wie ich eine Frau, die ich geil finde, in mein Bett und von ihr heißen Sex bekomme. Für dieses Best of habe ich mich für die aufregendsten One Night Stands meines Lebens entschieden, mit Frauen, die ich niemals vergessen werde. Lassen Sie sich inspirieren von meinen Taten, tauchen Sie ein in den Körper des Womanizers, und ab geht die Bett-Post!

ISBN 978-3-7528-4102-2
Books on Demand

Buch-Tipps vom Womanizer

The Womanizer
Meine aufregendsten One Night Stand 2
Frauen, die ich niemals vergesse

Sex ist mein Leben! Über 1.500 Ladies zwischen 18 und 50 habe ich bisher in meinem Bett gehabt. Als liebevolle Mutter meiner beiden Kinder ist meine langjährige Partnerin Andrea immer noch meine absolute Traumfrau. Dennoch, glücklich in Beziehung und erfolgreich im Beruf, wie ich es nun mal bin, brauche ich ständige Abwechslung im Bett, und damit meine ich nicht Bettwäsche, sondern Damen. ONS, One Night Stands, sind ein probates Mittel, um unverbindlich sein Vergnügen zu erzielen. Viel einfacher als eine Affäre.

Ich bin Profi, was solche One Night Stands angeht. Zu viele habe ich schon erlebt, dass ich genau weiß, wie ich eine Frau, die ich supergeil finde, ins Bett und von ihr Sex bekomme. Für dieses Best of habe ich mich für die aufregendsten ONS meines Lebens entschieden, mit Frauen, die ich niemals vergesse. Ich wünsche Ihnen Freude beim interaktiven Studieren meiner geilsten One Night Stands Teil 2!

ISBN 978-3-7460-4936-6
Books on Demand

Buch-Tipps vom Womanizer

The Womanizer
In MILF Paradise
Extravagante sexuelle Erlebnisse mit scharfen Müttern

MILF (Mothers I´d like to fuck) sind etwas Exklusives, denn sie sind sexy, rattenscharf und geil. Ich habe in meinem Leben bereits über 1.500 Frauen im Bett gehabt, Dutzende waren horny MILF. Viele davon verheiratet, einige Single. Die jüngste MILF war 18, die älteste 47. In diesem Werk habe ich meine extravagantesten sexuellen Erlebnisse mit ebendiesen lasziven Müttern und Kindshüterinnen zusammengestellt. Meine Frau Andrea ist nach wie vor unwissend meines wilden Treibens. Ihr bin ich der perfekte Gatte und liebevolle Vater unserer 2 Kinder.

Doch so sehr ich meine Frau liebe, treu sein kann und will ich ihr einfach nicht. Dieses Projekt „In MILF Paradise" entstand durch mein sensationelles Erlebnis mit Kollegin Nina, 23-jährige Mutter des kleinen Anton (2). Nina war der helle Wahnsinn! Ihr gebührt daher auch der Startplatz. Freuen Sie sich auf meine geilsten Affären mit MILF-Mothers, die auch Sie sofort nehmen würden. Ich wünsche Ihnen viel Freude und Anregung beim Lesen!

ISBN 978-3-7481-9116-2
Books on Demand

Buch-Tipps vom Womanizer

The Womanizer
Besiegt, Erobert & Geliebt
Wie ich Frauen über Wetten zum Sex bekomme

„Wetten, dass..?" – Wer kennt sie nicht, die einzigartige ZDF-Samstagabendshow, die 35 Jahre lang die Welt erfüllte. Spektakuläre Wetten wurden durchgeführt. Wetten spielen auch in my life eine große Rolle. Ich wette sehr gerne! Weil ich dadurch schon viele Frauen rumbekommen habe. In vorliegendem Werk habe ich meine heißesten Sexgeschichten zusammengestellt, die ich mir erspielt habe. „Besiegt, Erobert & Geliebt" lautet diesmal das Motto. In der Regel bekomme ich Frauen auch so.

Über 1.500 habe ich bereits im Bett gehabt, bald knacke ich die 2.000. Einige von ihnen musste ich aber ein wenig überzeugen, es mit mir zu tun. Und hier kommen die Wetten ins Spiel. Man muss Frauen nur eine reizvolle Wette anbieten, mit einem Gewinn für sie. Man muss sie auch am Ego packen. 7 geniale „Besiegt, Erobert & Geliebt"-Erlebnisse warten hier auf Sie. Diese sollen Sie inspirieren und Ihnen zeigen, welche Tricks mir halfen, die Nuss doch noch zu knacken.

ISBN 978-3-7528-9408-0
Books on Demand

Buch-Tipps vom Womanizer

The Womanizer
Meine wildesten Erlebnisse
Wenn Fantasien Wirklichkeit sind

Der Womanizer ist back, mit seinen wildesten Erlebnissen im Gepäck. Wir blicken auf Highlights meiner Laufbahn. Yasmin, die als Teenager in mich verliebt war. 20 Jahre später kommt es zur Reunion. In Irland hatte ich in 14 Tagen 3 Frauen. Meine Ehefrau Andrea war früher auch nicht so ohne: Was ich in ihrer „Magic Box" fand, war sehr brisantes Material. Ich interessierte mich für die hübsche Sex-Workerin Agnes, doch es kam anders. Dann Tinder: Janka war eine krasse Lady mit speziellen Vorlieben.

Und was ich mit meiner älteren Schwester erlebt habe, sollte ich besser für mich behalten. Ich bin ein Fan von erotischen Massagen. So gerne genieße ich dort eine schöne Stunde. Als Blue Man Sex zu haben, wer kann das schon von sich behaupten? Dann darf die 19-jährige, süße Quirina nicht fehlen, die Tochter meines Ex-Chefs. Es sind 112 Seiten Erotik und wilde Erlebnisse, die Sie anregen sollen, es mir gleich zu tun. Let´s enjoy life!

ISBN 978-3-7504-9750-4
Books on Demand

Buch-Tipps vom Womanizer

The Womanizer
AusgeSEXt
Das Ende meines Glücks?

Ist dies das Ende des Womanizers? Meine geliebte Ehefrau Andrea hat mich rausgeschmissen und verlangte eine Auszeit. Ich
organisierte mir eine Mietwohnung und ließ es trotzdem krachen. Gott sei Dank nahm mich Andrea ein halbes Jahr später
wieder zurück. Glück gehabt! Während dieser heiklen Phase
poppte ich so einiges: Daphne (18) hatte sich über den gefürch-
teten Wendler-Komplex in mich verliebt. Mit ihren sexy Schul-
freundinnen vernaschte sie mich mehrmals. Heidi war nicht nur
meine Immobilienmaklerin, sondern auch eine gute Gespielin
im Bett. Der sexuell blockierten Maren erteilte ich Lektionen in
Lust und Leidenschaft.

Die reizvolle Tattoo-Lady Jackie (34) verführte mich mit ihrem
Körperschmuck. Cornelia und Leonie angelte ich mir für einen
flotten Dreier und mehr. Sonja war für mich unerreichbar, also
trickste ich und machte sie gefügig. Käuflich bin ich nicht, das
musste die erfolgreiche Geschäftsfrau Laetitia erkennen. Statt
meiner Firma ließ ich sie etwas anderes schlucken. Mein Busi-
ness-Trip nach Holland brachte mich mit Susanna zusammen.
Eines steht fest: AusgeSEXt habe ich noch lange nicht!

ISBN 978-3-7494-3471-8
Books on Demand

Buch-Tipps vom Womanizer

The Womanizer
Der frühe Vogel fängt den Wurm
Sweet Memories

Wer ein Womanizer werden will, muss früh beginnen. In diesem Special widme ich mich einigen meiner frühen Abenteuer. Ich stelle Rali vor, mit der ich meinen ersten Sex hatte. Die scheue Flavia weihte ich in die Liebeskunst ein. Gleichzeitig genoss ich ein heißes Programm mit ihrer älteren Schwester Franzi. Während meiner Abiturzeit ließ ich es richtig krachen. Ich vögelte mit meiner sexy Sportlehrerin Sarah.

Bei den Bayerischen Meisterschaften in Badminton legte ich die Dorothea und auch Rebecca H. flach. Die bilderbuchhübsche Susanne bekam ich über Chloe. Aus einer vertrauensvollen Bruder-und-Schwester-Beziehung mit Jasmin wurde inniger Sex. In Irland nahm ich Pippa, Emma und Teamleiterin Becky. Auf einem Musik-Festival genoss ich mit Natascha und Doreen einen lustvollen Dreier. Meine schicke Nachbarin Juli hasste mich zuerst, doch dann liebte sie mich, da ich ihre Probleme löste. Genießen Sie diesen Einblick in meine extravagante Jugendzeit!

ISBN 978-3-7519-8008-1
Books on Demand

Buch-Tipps vom *Womanizer*

The Womanizer
Der Robinson-Playboy
Von blauen Männern und heißen Girls

Bevor ich meine Frau Andrea kennenlernte, zelebrierte ich mein Leben als Animateur im Robinson Club Soma Bay. Dieses Buch enthält meine geilsten sexuellen Abenteuer aus meiner Studentenzeit und aus meinem Auslandsaufenthalt im Paradies. Wir starten mit der süßen Julia, die bis heute einen speziellen Platz in meinem Herzen hat. Die hübsche Lesbe Alice war in unserer Sportgruppe und wollte einen Mann ausprobieren. Soma Bay: Im Kicker-Duell erspielte ich mir Sex mit Tanz-Choreo Anush. Meine 28-jährige Teamchefin Ronda war eine top Beach-Volleyballerin, doch ich war besser. So musste sie mich erotisch massieren.

Zwaantje war Kickboxerin. Als Special Guest prügelte sie Gäste durch ihre Kurse, im Bett konnte sie sehr zärtlich sein. Quirina war Clubchef Uwes Tochter. Ein hübsches Ding! Die 19-Jährige verliebte sich in mich und ich erlebte mit ihr äußerst innige Tage. Als Blue Man Sex zu haben, ist etwas Exklusives. Blaue Ficks entstanden. Zurück in Deutschland nervte mich Nachbarin Ariel, doch aus dem Langstrumpf-Pippi-Verschnitt wurde ein so sexy Girl. Viel Freude mit blauen Männern und heißen Girls!

ISBN 978-3-7494-3318-6
Books on Demand

Buch-Tipps vom Womanizer

The Womanizer
Hot Business 1
Hübsche Kolleginnen sind gute Kolleginnen

Seit über 20 Jahren arbeite ich als TV-Produzent. Vom Mitarbeiter zum Big Boss. Ich bin schon 17 Jahre mit meiner heutigen Ehefrau Andrea zusammen und habe 2 tolle Kinder mit ihr. Und trotzdem habe ich sie unzählige Male sexuell betrogen. Still going on. „Hot Business" ist eine Serie über meine heißesten Sex-Abenteuer mit so sexy Kolleginnen, Praktikantinnen und Geschäftspartnerinnen. Dies ist Band 1. Isabel war die Erste. Melly wurde zur Affäre. Sandy ein Luder der Basic-Instinct-Sorte.

Linda eine mächtige Instanz, die mich nach dem Bettspiel abservierte. Ich rächte mich. Joanna war für unsere Webseite zuständig, doch sie widmete sich auch meinen intimsten Bedürfnissen. Nancy war dumm, aber gut im Bett. Silke verhütete, auf einmal war sie schwanger. Ich musste handeln. Lucy zelebrierte ein Praktikum der besonderen Art. Mary und Iris vögelte ich in Dänemark. Das Wiedersehen mit meiner Jugendliebe Raliza auf Businessebene war sehr versaut. Mein geiles Motto: Hübsche Kolleginnen sind gute Kolleginnen!

ISBN 978-3-7519-8942-8
Books on Demand

Buch-Tipps vom Womanizer

The Womanizer
Hot Business 2
Wenn die Arbeit zum Vergnügen wird

Seit über 20 Jahren arbeite ich als TV-Produzent. Vom Mitarbeiter zum Boss. Ich bin schon 17 Jahre mit meiner Frau Andrea zusammen und habe 2 tolle Kinder mit ihr. Trotzdem habe ich sie unzählige Male sexuell betrogen. Still going on. „Hot Business" ist eine Serie über meine heißesten Abenteuer mit sexy Kolleginnen, Praktikantinnen und Geschäftspartnerinnen. Dies ist Band 2. Das Wiedersehen mit Lucy gipfelte in einem Dreier mit Paula. Eva war Ü40, aber auch Ü-heiß. In Amerika erlebte ich krasse Abende in einer Glory Hole Bar.

Ella (28) wurde zu einer sweeten Affäre. Japse Aiko hatte noch nie eine deutsche Banane – dann kam ich. Mit Sabrina erlebte ich scharfen Sex, mit der dunklen Shari käuflichen. Kerstin war mit das geilste Mädel in meinem Bett. Larissa ein ONS. Ich verführte Kamerafrau Janine, obwohl sie mit Peer zusammen war. Sonja war ein eigener Fall. „Hot Business" habe ich diese erotische Buch-Reihe genannt, getreu meinem Motto: Wenn die Arbeit zum Vergnügen wird!

ISBN 978-3-7519-9979-3
Books on Demand

Buch-Tipps vom Womanizer

The Womanizer
Hot Business 3
Traumfrauen gibt es in jeder Firma

Seit über 20 Jahren arbeite ich als TV-Produzent. Vom Mitarbeiter zum Big Boss. Ich bin schon 17 Jahre mit meiner heutigen Ehefrau Andrea zusammen und habe 2 Kinder mit ihr. Trotzdem habe ich sie unzählige Male sexuell betrogen. Still going on. „Hot Business" ist eine Serie über meine heißesten Sex-Abenteuer mit Kolleginnen, Praktikantinnen und Geschäftspartnerinnen. Dies ist Band 3. Anastasia war die perfekte Frau. Kylie, Nele und Helene vernaschten mich zu dritt. Sophie, die Königin der Füße. Juliette und Olga kämpften um mich, dann teilten sie schwesterlich. Moderatorin Anna-Christina wollte mich in unter 5 Minuten glücklich machen.

MILF Nina (23) war mehr als eine Angestellte. Chiara gewann ich durch ein Trick-Spiel. Evelyn tat ALLES für den Erfolg ihrer Tochter. Meine Ex-Chefin Becky wurde schwach. Laetitia wollte meine Firma, doch sie bekam etwas anderes. Lady Susanna führte mich in härtere Sphären ein. Die Abenteuer mit der Tattoo-Frau Jackie sind legendär. „Hot Business" habe ich diese erotische Buch-Reihe genannt, denn: Traumfrauen gibt es in jeder Firma!

ISBN 978-3-7526-0883-0
Books on Demand

Buch-Tipps vom Womanizer

The Womanizer
Gelegenheit macht Liebe
Ein Abenteuer kommt selten allein

Ein Abenteuer kommt selten allein. Zumindest für den, der fleißig danach sucht. Und genau das tue ich. Ich, der Womanizer, der schon über 2.000 Frauen im Bett hatte und noch längst nicht genug hat. In den letzten Monaten war ich äußerst aktiv. Okay, ich bin verheiratet und habe Kinder. Ich führe eine Familie. Und doch: Das alles ist mir nicht genug. Ob ich meine Andrea betrüge? Ja. Aber nicht wirklich, schließlich finanziere ich uns allen ein geiles Leben. Ich schufte viel und treibe das Geld ein. Da darf man sich auch mal was gönnen. Während sich andere ihren vierten Porsche kaufen, stecke ich mein Geld lieber in die Betten anderer Frauen.

In diesem Buch nehme ich Sie mit nach Amerika, wo ich ein heißes Abenteuer mit Geschäftsfrau Harper hatte. Welche Rolle dabei die Diven Grace und Eleanor spielten? Lassen Sie sich überraschen! Manchmal allerdings hilft nicht einmal der größte Charme, eine Frau gefügig zu machen. Doch bares Geld macht alle Frauen schwach! Die blutjungen und bildhübschen Nele und Xandra musste ich bezahlen, aber es lohnte sich sowas von. Marlene lernte ich im Fußballfieber kennen, nach dem Abpfiff durfte ich einlochen. In Schottland hatte ich Sex mit 9 Frauen gleichzeitig. Rockige Erinnerungen gebe ich ungefiltert an Sie weiter ebenso wie aktuelle News: Ich bin zum 3. Mal Daddy geworden. Aber meine Andrea ist nicht die Mutter von Niklas. Männer, denkt daran: Gelegenheit macht Liebe, also nutzt sie!

ISBN 978-3-7557-2624-1
Books on Demand